他人屋のゆうれい

Tanin-ya no Yurei

王谷晶

Outani Akira

朝日新聞出版

他人屋《たにんや》のゆうれい　もくじ

装画　澁谷玲子
装幀　田中久子

他人屋のゆうれい

第一章　小さい夢

入り口のドアを開けようとしたら、中で誰かが言い争う声が聞こえてきた。

大夢《ひろむ》はそれに気付いて、「くそ、またかよ」と小声で呻《うめ》いた。

一旦、どこか別の場所で時間を潰そうかと思ったけれど、持っているビニール袋にはさっきスーパーで買ってきた生の鶏胸肉と、定価税抜き三十円からさらに一〇%値引きされたモヤシが入っている。

まだ六月なのに、今夜は歩いているだけで汗をだらだらかくほど蒸し暑かった。すぐに生肉を調理したい。モヤシも傷みかけている。水も飲みたい。

ため息を吐いて、ナンバーキーに長い暗証番号を打ち込んで、ドアを開けた。

とたんに、怒鳴り声が真正面からぶち当たってきた。

「どうすんだよだからさ！　もう全員洗濯できねえんだぞ今日から！　洗濯機、完ッ全に壊れてっから！」

「俺のせいじゃないっつってんじゃないすか！」

「お前しかいないだろ羽毛布団なんて使ってんのはさこの家で！」

「知りませんよ調べたんすか確かめたんすか全員が何で寝てるか全部見てから俺に文句言ってんすか!?」

カビ臭く薄暗い玄関ホールで、短パン一丁の小太りの男と、てかてかしたスーツを着た若い男が、向かい合って大声で怒鳴り合っている。二人とも、大夢が入ってきたのに気付きもしない。

「他に羽毛布団使ってるやつがいたって、それを洗濯機で洗おうなんてバカはお前しかいねえよ！」

「はあ？　今バカっつった？　おい、どういう意味だこの野郎！」

「バカはバカだろ、このバカ！」

とうとう二人はとっくみあい、もたもたと不器用に喧嘩《けんか》を始めた。

玄関ホールは洗濯室と繋《つな》がっていて、そこのドアが開いていた。床に小さな白いものがたくさん散らばっている。よく見るとそれは、無数の鳥の羽根だった。

顔を上げると、壁の上の方に貼られた大きな紙が目に入る。

『シェアハウス・スマイルラッキーのルール：1・きれいに暮らす　2・静かに暮らす　3・

思いやりの心を忘れずに』

ぼんやりとそれを見上げながら、すぐにでも、ここを出ていきたいなと思った。それは小さな夢だけれど、しかし、今は叶《かな》いそうにもない夢だった。

住所は一応東京だが、十分も歩けば埼玉県に到達する街の、私鉄駅から徒歩十三分のシェアハウス『スマイルラッキー』。南大夢《みなみ》は丸一年と少し、そこの404号室で暮らしている。四階建ての小さな古いビルを改装した物件で、エレベーターは無し。一階に共有の洗濯室と台所とリビングがあり、トイレは各階共同。二階と三階に同じく共同のシャワーブースがある。

一室の広さは、最も大きい部屋が四畳ほど、最小は二畳。二畳の部屋にはパイプ製のロフトベッドが置いてあって、寝るのは上の段、その下に小さい机と椅子とカラーボックスが入っている。

大夢はその最小タイプの部屋で暮らしている。ドアを開けると、目の前がもうロフトベッドだ。それで部屋の空間ほぼ全てが埋まっている。

小さい窓はあるが、開けても隣のビルの壁が見えるだけ。上段のベッドで寝ると、天井がすぐ目の前に迫ってくる。寝返りを打つのもギリギリのスペースだ。

どちらかというと小柄なほうだが、それでも最初の一カ月ほどは、この窮屈さにかなり神経をやられた。悪夢を見たり、そもそも寝付けなかったり。今はもうすっかり慣れて、休日などは一日中部屋から出ずに過ごしても、まるで平気でいられるけれど。

家賃は共益費と水道光熱費・インターネット料金込みでぴったり六万円。ただし、夏冬にエアコンを使い過ぎると追加料金を取られる。

ここに越してきた当初、バイト先の人間などにこの家賃と生活環境を明かすと、「その家賃でその距離ならもっとまともなアパートあるでしょ！」と呆《あき》れられたことが、何度かあった。

そんなことは、大夢だって知っている。

しかし、普通の物件に引っ越すには初期費用というやつがいる。敷金礼金、不動産屋への手数料。ガス水道、電気にネットも自分で手続きして契約し支払わないといけないし、さらに入居するには審査があり、無職やフリーターははねられやすい。保証人も必要で、現役で働いている戸籍上の父親に頼むのがベターだと、ネットには書いてあった。更新費という恐ろしい制度もある。

そういうことを全部調べてよく理解したうえでの、二畳・ロフトベッド・トイレ共同・シャワーのみ生活なのだ。

なのに軽い調子でその大夢の選択を間違っている、失敗したとみなす連中があまりに多いので、もうどこのどんな部屋に住んでいるか、他人に詳しく言うのはやめることにした。

どたどたと喧嘩を続けている二人を尻目に、共用の台所に入った。このスペースはそこそこ広く、ファミリーサイズの大型冷蔵庫が置いてある。その横には油性マジックの入ったペン立てがあり、住人は全ての食べ物に自分の名前か部屋番号を書いて冷蔵庫に入れるルールになっている。

しかし、その行為はあまり意味をなさない。盗まれるのだ、食べ物は。ここに来るまでずっと実家で生活していた大夢は、最初、名前をしっかり書いてある他人の物を平気で盗む人間が存在していることと、それと一つ屋根の下に暮らしていることに驚き、恐怖を感じた。

でも、他の住人は誰もそのことについて騒いでいないし、ここではそれが「ふつう」のことで、盗まれて困るような物を置いておくほうが悪い、くらいの空気を感じたので、諦めて値の張る食材は買わないことにした。ちなみに、調理しないと食べられないものは、比較的盗《と》られにくい。

シンクには汚れた鍋や食器が溜《た》まっている。使った人間がすぐに洗う決まりだが、これもろくに守られていない。棚に未使用のアルミ小鍋があったので、それに水道水を入れて火にかける。

リビングには大型の液晶テレビとソファとダイニングテーブルがある。無人なのにテレビがついていた。壁際の棚には蓋付きのプラスチックケースが並んでいて、一部屋につき一つ使えるようになっている。数字式の南京錠《なんきんじょう》が付いているが、この番号も000とか123みたいな分かりやすいものにしておくと、簡単に開けられて中身を盗られる。

大夢は自分のケースから袋ラーメンを一つ取り出した。今夜は鶏モヤシ味噌ラーメンだ。

出来上がった夕飯を鍋のままリビングで啜《すす》っていると、玄関で争っていた短パン男が入ってきた。

「あのさ、あなた羽毛布団使ってる?」

汗まみれで真っ赤な顔をした男は、大夢の顔を見るなりいきなりそう言った。ちょうど麺で口の中をいっぱいにしていたので、無言で首を左右に振る。

「あ、そ」

そして短パン男はまたどこかへ去っていった。大夢は彼の名前も知らない。

ここで住人間のコミュニケーションが発生するのは、ほとんどがトラブルが起きた時だ。ネットのシェアハウス広告によく出てくる、若者たちが和気あいあいと仲良く楽しそうにしている状態なんか、見たこともない。

ポケットの中に入れていたスマホが震えた。派遣先だろうか。表示された名前を見て、思い切り顔をしかめる。

震えるスマホに表示されているのは、「南弘樹《ひろき》」の三文字だった。迷ったが、出ることにする。

『今いいか』

電話の向こうの実兄の声は、相変わらず硬く、冷たい。

「なに」

応えるこちらの声も低くなる。誰かがつけっぱなしにしていったテレビのうるささが、急にありがたく思えてきた。

『お前、春夫《はるお》おじさんって憶《おぼ》えてるか』

「母さんの、お兄さんのほう？」

大夢の母には兄が一人と弟が三人おり、その四人のおじの中で一番の変わり者が春夫おじさんだ。正月やお盆などの集まりに一切顔を出さないのだ。かわりに、他の親戚による噂話はたくさん聞いている。

『そう。春夫おじさん、亡くなったから』

「えっ。なんで」

『クモ膜下。自分で救急車呼んで、部屋から出ようとしたところで力尽きたらしい』

驚いた。驚いたけど、先の通り実際に会ったことは数える程度しかない繋がりなので、悲しいとかショックだとかの感情はなかなか湧いてこなかった。顔すらよく憶えていない。

『その部屋の片付け、お前やれるか』

「俺が？　どうして……」

『俺は仕事があるし、母さんに力仕事やらせるわけにいかないだろ。場所、東京だし、お前なら時間の自由もあるし』

「べつに、俺も暇じゃないんだけど」

さらにむっとしながら答えた。多いときには週に六日はシフトに入って働いているのだ。カレンダー通りの休日に有休まである兄より下手すると忙しいし、自由は利かない。そう言い返したい気持ちはあったが、どうせもっともらしい屁理屈で言い負かされるだけだと思い、口をつぐんだ。

『場所は東都線の千朝《せんちょう》駅だ。後でＬＩＮＥで住所送る。あっちの大家には、月内になんとかしてくれって言われてるから』

思わずリビングの壁に貼ってある大きなカレンダーを見た。今日は二十日。「月内」なんて、もうちょっとしか残っていない。

『じゃあ、頼んだからな』

こちらの答えを聞く前に、兄はぶつっと通話を切った。眉間に皺《しわ》を寄せたまま、手の中のスマホと壁のカレンダーを交互に見た。見るしか、なかった。

翌朝、満員の通勤電車で押しつぶされながら、大夢の気分はいつもより憂鬱だった。

今の職場は、新宿の高層ビル内にあるコールセンターだ。有名な通販会社の所属で、大夢は商品を購入した後に問い合わせてくるカスタマーの対応チームに入っている。簡単に言うと、クレーム係だ。

コールセンターはどの業種でも女性が圧倒的に多い職場だが、このチームは半分以上が男性オペレーターで構成されている。クレーム係に男を置いておくと、クレーマーの勢いがだいぶ削《そ》がれるのだという。

「女性オペレーターに『お前じゃ話にならん、男を出せ！』と仰《おつしや》るお客様はよくいらっしゃいますけど、男性オペレーターに『お前じゃ怒鳴りにくい、女を出せ！』と仰る方はなかなかいませんからね」

上司であるＳＶ《スーパーバイザー》の中島《なかじま》は、チームに新人がやってくると必ずそう言う。鉄板の持ちネタだ。

他の社員の話によると、中島はクレーム対応の達人なのだという。顧客にこちらの姿は一切見えないのに、いつもびしっとネクタイを締め髪をセットして、爽やかに笑っている。なんだかアンドロイドみたいで、ちょっとおっかないな、と大夢は密《ひそ》かに思っている。仕事の上で何度も助けてもらっているので、気取《けど》られないように気をつけてはいるが。

休憩時間、その中島のデスクに行き、シフトの調整を頼んだ。すでに入れてあった休みと合わせて、なんとか連休にしてもらえないかという申し出だ。

「随分急だね」

「すみません……伯父が急に亡くなって、住んでた部屋を片付けないといけなくなっちゃって」

「ああ、じゃ忌引になるのかな」

「葬式に出るわけじゃないんですけど、それになるんですか」

不安で、つい小声になる。

「たぶんそういうのも忌引になると思うよ。とりあえず申請は出しておくから、今日中に結果言うね」

「ありがとうございます」

「悲しい？」

「え？　いや、正直そんなに」

「じゃあよかった。悲しいのはよくないからね。午後もがんばって」

そのままホームページとかに載せられそうなぴかっとした笑顔で、中島はうんうんと大きく頷《うなず》いた。

持ち場に戻りながら、大夢は頭の中で首をひねった。悲しいのはよくない。まあ、悲しいことなんて無けりゃ無いほうがいいけど、でもなんとなく変な、モヤモヤと納得できない言葉だ。着座した瞬間に着信が来て、すぐに仕事モードに戻らされる。おかしなモヤモヤは、いつの間にか頭の中から押し出されていった。


次の休み、大夢は初めて乗る路線で複雑な乗り換えをしながら、「なんで俺がこんなことを」と頭の中で繰り返していた。

兄は簡単に「場所、東京だし」と言ったが、大夢の家から東都線千朝駅は、遠かった。そこ

第一章　小さい夢

は荒川を越えたいわゆる下町ゾーンの一角で、東京湾にも程近い。観光スポットも名所も特に無いし、当然、今まで一度も行ったことのない街だった。

改札を出ると、目の前に『千朝銀座』と大きく書かれた商店街のゲートが現れた。平日の朝でも人通りは多く、歩行者も自転車も、カートを引いたお婆さんも入り交じってその中を進んでいる。

スマホに送られた地図を片手に、きょろきょろしながらその商店街に入る。すぐの場所に牛丼チェーンの『竹屋』があって、貼られている期間限定カレーのポスターに胃がぎゅっと唸《うな》る。今朝は、焼いていない食パンにマヨネーズを塗ったものを食べてきただけだ。

ドラッグストア、花屋、ラーメン屋、またドラッグストア……地味な商店街が続く。シャッターの閉まっている店もちらほら。そこを五分ほど歩くと、そのマンションは簡単に見つかった。

それは、想像していたよりずっと大きい建物だった。ほぼ立方体の、どかんとした真っ白いマンション。入り口には金属製の看板で『メゾン・ド・ミル』と書かれている。オートロックは無いようだ。照明や床のタイルなどがかもしだすのは、全体的に〝昭和レトロ〟な雰囲気だった。

マンションに入ると、すぐ左手にガラス引き戸の付いた小部屋があった。「管理人室」という札が付いている。

中を覗《のぞ》き込むと、真っ青なポロシャツを着た老人が椅子に座って新聞を読んでいた。

「あの、すいません」

「宅配？　セールスと道案内はお断り」

新聞から視線も動かさずに、老人は野太い声でそう言った。

「いえあの、404号室の片付けに来た者ですが」

老人はぱっと顔を上げ、窓越しにじろりと大夢の顔を見た。

「小野寺《おのでら》さんの？」

「はい、その、小野寺春夫の……親戚です」

わけもなく怒られているような気分になり、もごもごと小声になった。

「ちょっと待っといて」

老人はよっこいしょと立ち上がると、小部屋から出てきた。腰に下げた鍵束がじゃらじゃらと鳴る。

「一人で片付けんの？」

頷くと、老人はすたすたとマンションの奥に進みながら首を振って言った。

「無理だね」

一緒に狭いエレベーターに乗って四階に向かう。偶然にも、今大夢が住んでいるのと同じ404号室。よく考えると、ちょっと縁起でもない数字だ。

「なんだ、これ……」

四階に到着し、エレベーターの外に出ると、思わず声が出てしまった。

メゾン・ド・ミルは、ホテルのように真ん中に廊下があり、向かい合わせに各部屋のドアが並んでいる構造だった。ただ、その廊下になぜかベンチやスタンド看板がいくつも並んでいる。大きな観葉植物や、よく分からない奇怪なオブジェのようなものまで。

「ここ、マンションじゃないんですか?」

「店舗利用もできるよ。あんた、小野寺さんから聞いてなかったの」

確かに、いくつかのドアには「CLOSE」のプレートや、店名らしき看板が付いている。

404号室は、長い廊下の一番奥にあった。頑丈そうな金属製のドアには、板切れに筆文字で黒々と『他人屋』と書かれた看板がくっついている。

他人屋。読みは「たにんや」でいいのだろうか。見たことも聞いたこともない屋号だった。

「あの、伯父はここでなにか商売をしてたんですか」

大夢が言うと、老人は鍵束をじゃらつかせながら、横目で睨《にら》みつけてきた。

「あんた、ほんとに小野寺さんの親戚?」

「そ、そうです。甥《おい》です。でも付き合いはあんま無くて。近くに住んでる親戚が自分だったんで……」

老人は鼻を鳴らし、「ま、片してくれるんならなんでもいいんだけどね」と投げやりに言い、部屋の鍵を開けた。

「オーナーが十二時すぎに来るから、その時間には部屋に居てくださいよ。あ、ゴミはちゃんと分別して」

それだけ言うと、管理人はさっさと廊下を引き返していった。

大夢はドアの前に立って、もう一度『他人屋』の看板を見た。大胆にのたくった筆文字は居酒屋やラーメン屋みたいな雰囲気だけど、こんなところで飲食店でもしていたんだろうか。

ここに来るまで、何とか伯父・春夫の人となりを思い出そうとしたが、やっぱりほとんど記憶に残っていない。あるのは、親戚たちの「あいつは変わり者」「いい歳《とし》して一度もまともに働いたことがない、ろくなもんじゃない」「大学まで行かせてもらったのに、とんでもない親不孝者だ」「結婚もしないで、気味が悪い」という悪口と噂話だけだ。ああでも、一度だけ、伯父と何かを話した気がする……。

母方の一族である小野寺家は、とにかく人の数が多い。大夢の従兄弟《いとこ》だけでも十人以上いる。盆暮れ正月冠婚葬祭だけでなく、定期的に親族内でグループをつくって温泉や海外旅行に行ったりとイベント事も大好きで、祖父母も大夢たちが顔を見せに行くたび、なぜか近所の人まで集めて大宴会を開いた。

小野寺家の親類間の情報は、光よりも速く全員に共有される。しかもみんな喜怒哀楽のはっきりした、よく言えば賑《にぎ》やかな、悪く言うとめちゃくちゃうるさい、お喋《しゃべ》りでハイテンションな人間ばかりなので、正月なんかはもう大変なことになる。

春夫おじさんは、その中では珍しい、とても無口な人だった。

普通、無口な人間というのは目立たないものだが、小野寺一族の中では、ミカンの箱にメロンが紛れ込んだくらい目立つ。

なのでみんな、寄ると触ると「変人」の春夫おじさんの噂をする。しかし、本人は人前にめったに姿を現さないのだ。

大夢は小さいころから、会ったこともない「春夫おじさん」の噂話をたくさん聞いた。その噂から生まれた想像の中の春夫おじさんは、二目と見られないほど汚くだらしない格好をし、この世のあらゆる悪徳を煮染《にし》めたような大悪党だった。絶対に会いたくない、と思った。

春夫おじさんの話の枕詞《まくらことば》としてよく出てくるのが、「長男なのに」というフレーズだった。

大夢は次男だ。長男と次男に年齢以外に何の違いがあるのかということを知る前から、「大夢ちゃんは次男坊だから」と言われてきた。

不思議なのは、その「なのに・だから」の後に続く言葉は、常に何もないことだ。「長男・次男」とさえ言えば後は全て分かるだろ、という含みだけを投げ渡される。春夫おじさんほどではないが、口の達者なほうでなかった大夢は、ついぞ「次男だから、何だよ」とは言い返せずに思春期をやり過ごした。

中学二年の冬に行われた祖父の葬式で、ついに初めて春夫おじさんと対面した。胸に「喪主」と書かれた白い大きなリボンをつけた春夫おじさんは、やはり誰とも喋らず何もせず、メモリアルホールの片隅でぼんやりと座っていた。

葬儀には、それまで見た中でも最大の人数の親類が集まり、大きな会場は絶えず元気に喋りまくる喪服の集団でごった返していた。しめやかな、とか故人を偲《しの》んで、みたいな雰囲気はまるでない。ほとんどお祭り状態だった。

大夢の母も小さな身体《からだ》を弾ませるようにあちこち人の間を飛び回っていて、家にいるときよりずっと楽しそうだった。兄は従兄弟たちのグループに交ざっていて、大夢はなんとなく一人でぽつんとしていた。

その葬儀場でなんにも喋っていないのは、大夢と春夫おじさんだけだった。

遠巻きにおじさんを観察してみたが、特に汚くもなければ悪い人にも見えない。顔は遺影の祖父に似ていた気がする。本当に何もせず、ただ椅子に座って窓の外を見ている。

退屈していた大夢は、思い切っておじさんの近くまで行ってみた。そして――。

「……やっぱりよく思い出せないな」

ドアを見つめたまま、呟《つぶや》いた。確かにあのとき春夫おじさんと何か喋ったはずなのだが。

しかしとにかく、今は気が重い。このドアを開けるのが。

以前、ＹｏｕＴｕｂｅのゴミ屋敷を片付ける特殊清掃動画にハマって見まくっていたのだが、どの部屋も想像を超える汚さ、散らかり具合で、虫がわいたり何かが腐っていたり、モザイクが掛かるような現場も多かった。

もし、この中がああいう状態になっていたらどうしよう。というか、春夫おじさんは部屋のどの辺りで死んでいたのだろう。

『クモ膜下。自分で救急車呼んで、部屋から出ようとしたところで力尽きたらしい』

電話での兄の言葉が甦《よみがえ》る。ということは、まさに今自分が立っているドア前辺りで死んだのでは？

とたんにぞっとして、足元を見ながら一歩後ずさった。嫌だ。帰りたい。

しかし、ここで帰ったら、また兄にどんな嫌味を言われることか。

思い切ってノブに手を掛け、ドアを開けた。

淀《よど》んだ空気が、部屋の中から溢《あふ》れてきた。思わずマスクの下で息を止めた……が、おそるおそる呼吸を再開すると、そんなにえげつない臭いは発生していないようだった。他人の家のにおいがする。

昼間なのに、部屋の中は薄暗かった。それでもひと目見て、そこがただ寝起きをするために使っていた場所ではないのは分かった。

まず、入ってすぐの位置に向かい合わせに古びた大きなソファとテーブルが置いてあった。いわゆる応接セットだ。片方のソファの上には何故《なぜ》か派手なヒョウ柄の毛布が丸めて置いてある。

さらに、壁には天井近くまである棚が並び、中はファイルや本などでびっちり埋まっている。応接セットの周囲は衝立《ついたて》でぐるっと囲まれていて、テーブルの上には色とりどりの飴《あめ》が入った菓子鉢が置いてあった。

ここは、明らかに、誰かを迎え入れるための場所だ。

衝立の中の「応接間」には、他にも色々な物がごちゃごちゃと置いてあった。重ねられた三角コーン、種類の分からないでかい観葉植物の鉢、釣り竿、プラスチックの衣装ケース、大きな姿見、積まれた大小の段ボール箱、野球のバットとグローブ、バドミントンのラケット、ペットを入れて運ぶケージ、などなど。

脈絡無く集められたがらくたに見えるが、春夫おじさんは、一体ここで何をしていたのだろう。

しかしとりあえず、特殊清掃の動画に出てくるような、分別されていないゴミ袋やペットボトルが積み重なった部屋でなかったことには、ひとまずほっとした。

だがしかし、この部屋がとても一人で片付けができるようなものでないのは分かる。さっきの管理人の『無理だね』という言葉がリフレインする。

部屋の間取りは、大きなワンルームのようだった。今の大夢の部屋の十倍くらいはありそうだ。建物は古いが、駅からも遠くないし、ここなら家賃はかなりするんじゃないだろうか。そんなことを考えながら、おそるおそる部屋の奥に進む。

学校の保健室で見るようなパイプと白い布製の衝立をどかして中を覗き込むと、キッチンと、その横にバスルームに続くらしきドアが見えた。

角の二面に大きな窓があり、紺色のカーテンがしっかり閉められている。ここにも棚と段ボール箱とがらくた類が積まれていた。

窓際に、シングルベッドがあった。掛け布団が捲《まく》れ上がっていて、今さっきそこで寝ていた人が出ていったばかり、という雰囲気だ。生々しい生活感に、再び背筋がぞくっとする。

ベッドの周囲は、いかにも男の独り暮らし、という空間だった。パイプハンガーには紺色の作業着やジャケットが下げられ、物は多いが倉庫みたいでそっけない。

雑然としてはいるが、床は見えるし、今のところ虫はいないし、キッチンもたいして汚れていないように見える。春夫おじさんは、この奇妙な部屋でそれなりにまっとうに生活していたようだった。

改めて、部屋全体を見回した。広い。正直、コンパクトな四畳半か何かで暮らしていると想像していた。こんなに大量の物があるとは思っていなかった。持ってきたリュックサックには、五十枚入りのゴミ袋と軍手くらいしか入れてきていない。とてもじゃないが、そんな装備で太刀打ちできる部屋じゃない。

「やっぱり業者とか頼んだほうがいいんじゃゃ……」

誰かに相談したかったが、そんな相手はどこにも居ない。

とりあえず、明らかにゴミだったり不用品っぽいものだけでもまとめよう。そう考えて、まず一番近くにあった段ボール箱を開けてみた。

中身は、古ぼけたタオル類だった。みっしり詰まっている。それが三箱も。

別の箱には、やはり古くてぼろぼろのぬいぐるみや人形が詰まっていた。明らかに誰かの使用済みのものだ。気味が悪くて、すぐに蓋を閉じた。

ますます、この部屋の正体が分からなくなってくる。古道具屋でもしていたのか？　でもこんな古タオルやぬいぐるみを売ったり買ったりする人がいるとも思えない。

もう、どこから手を付けたらいいのか分からなくなってきた。大夢もそもそも、掃除や片付けが得意でも好きなほうでもない。

腐るものがあったらまずいな、とはっとしたので、キッチンの冷蔵庫をおそるおそる開けてみた。

ラッキーなことに、中にはあまり、物が入っていなかった。卵のパック、納豆、調味料が少し、ひからびた長ネギ、袋入りの焼きそば程度。おじさんは酒を飲まない人だったらしい。冷蔵庫の中にも、他の場所にも酒類は見当たらなかった。

キッチンの棚には袋麺やレトルトカレー、インスタント味噌汁やお茶漬けの素と、無洗米の袋があった。最低限の自炊はしていたようだ。

ベッドに近付くと、枕元に白い紙袋がいくつも置いてあった。手にとって見ると、「内服薬」

と書かれている。中には何種類もの錠剤が入っていた。袋には薬の名前も書かれているが、何の治療のための薬なのかは分からない。

「おじさん、病気だったのか……」

中年、男、独身、一人暮らし、病気。そこに自分のこの先の人生がふっと一瞬、かいま見えたような気がして、大夢はそら恐ろしくなった。

半年くらい前に、ひどい食あたりを起こしたときのことを思い出す。

トイレはいちいちベッドから下りて部屋の外に行かないといけないし、水や食べ物を買いに行くこともできなかったし、助けを求める相手もおらず、あの時は本当に死ぬんじゃないかと思った。トイレ前の廊下で蹲《うずくま》っているときに、たまたま通りかかった名も知らぬ住人にスポーツ飲料を貰わなかったら、本当に死んでいたかもしれない。

春夫おじさんの死は、他人事《ひとごと》じゃない、のかもしれない。そう思うと、気分はますます重く、暗くなってきた。

そのとき、コンコン、スココン、とやけに軽妙なノックの音が聞こえた。

驚いて振り向くと、ぎい、と音を立てて入り口のドアが開いた。

「こーんにーちはー」

女の人の声だ。子ども向け番組の司会のお姉さんのようなイントネーションで、しかしハスキーでなんとなく気だるい声が、部屋の中いっぱいに響いた。

慌てて衝立から「応接間」の方に顔を出すと、そこにはパンツスーツをびしっと着込んで、大きなバッグを肩から下げた女性が立っていた。

「小野寺さんのご家族さん？」

女性はつかつかと部屋の中に入ってくると、大夢の前でぴたっと止まり、深々と頭を下げて、

「このたびはどうも、誠にご愁傷さまでした」

と言った。言葉に関西っぽい訛りがある。

「あ、いえ……ありがとうございます」

こういうときって「ありがとうございます」でいいのか？　と思ったが、とっさにそう返してしまった。

「メゾン・ド・ミル大家の林《はやし》と申します。いやーもうもう急なことで。小野寺さんには特に長年住んでいただいてたので、本っ当に残念ですわ。まだお若いのに、ねえ。息子さん？」

「ええと、甥です」

「そうですか。それでね、まあお部屋は見ての通りで、まーキレイに使っていただいててね、ありがたい限りなんですけどとにかく今月分はお家賃頂いてるんで、荷物のほうをね、月内にバーッとやっていただきたいんですけども」

「はあ」

「まー、お荷物多いから大変かとは思いますけど。いやほんまにえらい荷物やな。業者さんと

かもう頼んでます？」

「いえ、ええと、自分一人でやるのかな、と……」

「いやいやいやいや、そーりゃ無理ですよぉ！」

大家は大げさにのけぞりながら手をぱたぱたと振る。三十代くらいに見えるが、なぜかかなりのおっさんと喋っているような気がしてくる。

「トラックとか持ってきてます？」

「いえ……」

「じゃ～無理ですわ」

大家は腕組みをして部屋の中をぐるりと見回した。

「あの……伯父は、ここにどれくらい住んでたんですか。正直、あまり伯父のことよく知らなくて」

思い切ってそう訊《き》いてみた。

「だい～ぶ長いですよ。私がこの家業継ぐ前からの店子《たなこ》さんですからねぇ。たぶんもう、二十年は住んではったんちゃうかな」

大家の林はひーふーみーと手指を折りながら言った。それは、確かに長い。つまり、二十年分のいろいろが、この部屋には詰め込まれているわけだ。

「もう一個、質問いいですか」

大夢はおずおずと言った。

「伯父は、ここで何の商売をしてたんでしょうか」

「はあ、ご存じない？」

頷く。あれだけ春夫おじさんの噂話でもちきりだった小野寺家連絡網でも、その情報は大夢の耳には入ってきていなかった。

考えてみれば、妙な話だ。しかしある時期から確かに、春夫おじさんの話が親戚連絡網で回ってくることがめっきり減った。それがいつくらいの時期からだったのか。思い出そうとしたが、曖昧だ。

大夢は、親族のごたごたや噂話になるべく関わらないようにして立ちまわっていた。今回は無理くりにその渦中に叩き込まれてしまったが。

「小野寺さんは、こちらで長いこと他人屋さんを営んでましたよ」

「その、他人屋、っていうのはどういう」

「まあ、便利屋さんて言うんですかね。人手のいることならなんでもどこでも呼ばれていって、チャッとお手伝いする、みたいな」

なるほど、便利屋。そういう仕事があるのは聞いたことがあるが、まさか身内が実際にやっているとは思わなかった。しかもあの、無口で、奇妙で、人前に出てこない春夫おじさんが。

正直、まるで想像ができない。便利屋には詳しくないが、それなりにコミュニケーションが必要な仕事なんじゃないだろうか。

「儲《もう》かってたんでしょうか」

「どうですかねえ。そこまではちょっと私の方では分からんですわ」

「でも、こういうマンションの家賃、けっこうするんじゃないですか。滞納とかしてなかったんですか」

春夫おじさんには悪いが、ここは部屋は広いがどう見てもお金に余裕のある人間の暮らしぶりには見えない。大夢も同じく余裕がないので、貧乏生活のオーラはよく分かる。

しかし、大家は質問には答えず、腕組みをしたまま、今度は急にじろじろと大夢を上から下まで眺めまわしはじめた。

「甥御さんは、このへんにお住まいで?」

「都内ですが、近くはないです」

「お仕事は」

「派遣社員です」

「働いてらっしゃる」

「はあ、まあ」

「失礼ですが、今現在のお住まい、お家賃はいかほどですか」

「六万円ですが……」

家賃は六万円だが、水道光熱費コミコミのシェアハウスということは言わないでおく。

「もしもの話、あくまで仮の話として聞いていただきたいんですけどね」

大家の声がぐっと低くなる。大夢は急に緊張してきて、ごくりと唾を飲み込んだ。

「ここ、五万で住めるとなったら、どう思います？」

「ええ？」

何の話かとっさに分からず、聞き返した。大家はそのまま立て板に水の調子で胸を張ってつらつらと喋り始めた。

「この部屋、東都線千朝駅徒歩五分鉄筋コンクリートエレベーターあり管理人常駐エアコン付きフローリング角部屋二面採光室内洗濯機置き場ありのこの『メゾン・ド・ミル』404号室の部屋にですね、月五万円で住めるとなったら、どう思います？」

大家は真顔で大夢を見ていた。これは「ボケ」というやつなのだろうか。

「ええと……すごく安いなあ、と思いますけど」

「そうなんですよ。安いんです。破格です。なんでそんなに安くなると思います？」

急にクイズを出された。

「……事故物件？」

「そう、心理的瑕疵《かし》ちゅうやつですな。で、本来ならこの大荷物ぜーんぶ片していただいて、それからうちの方で修繕やらハウスクリーニングやら入れてまーひと仕事大仕事してから、やっとのことでまた入居者さんをね、募集できると。その上で入居希望者さんがいらしたら、ビャッと説明をしないといけないわけです。その、心理的瑕疵の内容を」

大家は腕組みし、分かりやすく「困った」という表情で首を振る。

「この心理的瑕疵ちゅうのがねぇ〜。なんとも悩ましいもんでして。特にお子さん連れや女性のお客さんは嫌がりますし、本当に困りもんなんですわ。や、小野寺さんはなんっも悪くないですよ。ああいうことはね、しょうがない。誰にでも起こることです。人は生きるしいずれ死ぬ。それが人間様相手にこういう商売をするっちゅうことですわ」

「はあ」

「しかし、そうは言っても手続きはめんどくさい。正直。時間もお金もめ〜ちゃくちゃ、かかります」

「はあ」

まだ話がよく見えない。つるつると喋る大家に、すっかり気圧《けお》されてしまっていた。

すると急に、大家はぐっと大夢に迫ってきた。

「あれですか、甥御さん、小野寺さんとは仲良しでしたか」

「いやあの、さっきも言いましたがあまりよく知らないんです、伯父のことは」

「でも、ご身内でいらっしゃる」

「それは、そうですけど……」

　大家は、何か考え込むような表情でしばし部屋の斜め上あたりを睨んだ。

「よし、敷礼手数料なし。これでどうでしょ。あとはうちの事務所の方で、チョチョッと書類書いていただければ」

「書類って、何のことですか」

「引っ越しするとき書きますでしょ？　賃貸契約書ですよ。ここからちょっと歩きますけど、うちの事務所のコーヒーはうまいですよぉ」

「ちょ、ちょっと待って下さい。あの、もしかして俺にここに引っ越せって言ってます？」

　ここで大家は初めて歯を見せてニカッと笑った。

「私ね、こういう仕事してるんでだいたい相場が分かるんですよ。廃品処理とか遺品整理。まー、このくらいの規模でしたら、最っ安で三十万はかかりますよ。最っ安ね。あくまで」

「さ、三十万」

「けっこうな額でしょ。今はほんとにねえ、物は買うより処分するのにお金がかかる時代ですよぉ」

「別に、俺が払うわけじゃないですから……」

　でもじゃあ、誰が払うんだ。大夢の頭に、兄や母の顔がぽこんと浮かんで、消えた。

第二章　メゾン・ド・ミル

大夢の一年間は、トランク一つとリュックと紙袋に全部収まってしまった。

その中身もほとんどが服やこまごました日用品で、思い出のある品物や、どうしても持っていきたい大切なものは、シェアハウスの二畳の部屋には一つも無かった。

自分の財産全てが詰まった小さいトランクを見ながら、「今ならこのまま、どこにでも行けてしまえるな」と、ふと思った。そんなことをするつもりはないし、行きたいところもないし、実行するお金も時間も、まったく無いのだが。

平日の昼下がり、シェアハウスは全体的にひっそりしていた。荷物を持ってリビングに下りてみたが、そこにも誰もいない。誰かいたところで、その人の名前も分からない。

結局大夢は、春夫おじさんが住んでいた『メゾン・ド・ミル』４０４号室に、いわゆる「居抜き」の形で引っ越すことになった。

その事を兄の弘樹に伝えると、案の定、非常識だとか馬鹿じゃないのかとかいろいろ言われたが、大夢はそれを聞き流した。どうせ、自分が自分なりに考えたことを兄に話しても、何もかも理屈をつけて否定されるだけと分かっているからだ。

荷物を抱えて駅に向かう。

一年と少し暮らしたこの街や駅にも、特に思い出はできなかった。寝に帰るだけの場所だったし、友達どころか知り合い程度の人間関係も無い。得たのは、東京といってもぜんぶがぜんぶ、新宿や渋谷みたいな場所じゃないんだなという実感くらいだ。

面倒な乗り換えを繰り返し、千朝駅に到着する。時間は昼過ぎになっていて、千朝銀座はこの前に来たときよりもさらに賑《にぎ》わっていた。

前はちゃんと観察する気持ちの余裕がなかった商店街を、きょろきょろと見回しながら歩く。

白いのれんの掛かった古そうな食堂、どういう需要があるのか分からない「お茶と海苔」の店、布団屋、色褪《あ》せたパッケージのプラモデルを並べているおもちゃ屋、米屋、ブティック、酒屋。

地元でも見たことのないレトロな風情の店舗が軒を連ねる。安そうなスーパーやパン屋もあり、買い物には困らなそうだ。

何より、この街は賑やかだった。

シェアハウスのあった街は、コンビニすら乏しい、ひたすら住宅だけが詰まっている所で、人が行き交う姿は駅以外ではほとんど見ることもなかった。同じ東京でも、風景がぜんぜん違う。

大夢はもともと、東京や都会に強烈な憧れを持っていたわけでもなかった。ただ、地元では仕事と一人で暮らせる環境を見つけることができなかったから、東京に来ただけだ。

テレビで見る渋谷や六本木の光景に「人がすげえ」と思うことはあっても、そこで暮らしたいとは思わなかった。引っ越してからも殺風景な住宅街と高層ビルの立ち並ぶ都心の職場の往復で、それ以外の東京の景色をほぼ知らなかった。

千朝町は、大夢が初めてじっくりと見る都会の下町だった。

人が多い。でも、老若男女いろんな人がいる。どちらかというと老の割合が多い。そして、だいたいの人が気楽な服装をしている。スーツの人や奇抜なおしゃれをしている人はあまりいない。あと、自転車に乗っている人が多い。地元では自転車に乗っているのは学生くらいで、あとはみんな車移動だったので、そんな風景も新鮮に見える。

メゾン・ド・ミルに到着し四階に上がると、そこはこの前来たときとは、がらっと様子が違っていた。

あちこちの部屋のドアが開き、「OPEN」の看板が出ている。マンションというか、雑居ビルのようだ。

404号室の向かいの部屋も〝開店〟していた。スタンド式の看板に「BOOKS小石《こいし》　休憩できます」と書いてある。書店らしい。

ちょっと中を覗《のぞ》き込んでみると、確かに壁際には本棚が並んでいたが、部屋の中央にはなぜか種類の違う一人がけのソファがいくつも置いてあった。

変な本屋だな、と思いながら、404号室の鍵を開ける。

中は相変わらず、薄暗く、静かだった。

明かりをつけた。シーリングライトの強い光が部屋をすみずみまで照らす。やっぱり物が多くごちゃごちゃしていて、お世辞にも住みやすそうとは言えない。

普通の人間ならこんな、倉庫みたいな場所で寝起きするのは避けたいだろう。でも。

この部屋には自分専用のトイレと風呂と洗濯機まであるし、冷蔵庫に入れておいたものは盗まれない。天井が落ちてきて圧死する夢も見なくて済みそうだし、薄い壁の向こうのイビキやテレビの音に悩まされることもない。

それだけで、じゅうぶん理想の住処《すみか》になると思った。

改めて部屋の中をじっくり見ると、そこは一人で暮らすにはやはり大きすぎる間取りなのがよく分かった。ファミリー向けか、少なくとも二人くらいで住むのがちょうどよさそうな広さだ。風呂とトイレも分かれていて、風呂は今どき珍しいバランス釜だが、追い焚《だ》きができるのは嬉《うれ》しい。

でも、この404号室に人が居られる場所そのものは、少ない。大夢は自分の少ない荷物をとりあえず空いているスペースに押し込み、「応接間」のソファにどかっと腰をおろすと、春夫おじさんが遺した大量のガラクタたちを見上げた。

段ボール箱や衣装ケースで作られた巨大迷路のような部屋だ。床が見えている面積は、全部合わせたらそれこそ四畳半くらいなのではないだろうか。

ずっと一人で、この物がみっちりと詰まった部屋で、何を考え何をして暮らしていたのだろう。ふとそう思ったが、それが想像できるほど、おじさんの人となりを何も知らない。

「ん?」

テーブルの菓子鉢の下に、鍋敷きみたいに一冊のノートが敷かれているのに気が付いた。手に取ると、表紙にあまり上手くない字で「日誌」と書いてあった。

ぱらっとめくると、日付と天気と、数行のメモのようなものが書かれたページがずっと続いている。

『○月×日/水曜/雨　午後、伊勢屋《いせや》の主人来。年末のチラシ折りと投函依頼。請。○月△日/金曜/快晴　五丁目松原《まつばら》さん宅。納戸整理。無問題――』

どうやら、業務日誌みたいなものらしい。

内容を拾い読む限り、春夫おじさんがここでやっていた『他人屋』というのは、本当にただの便利屋的な仕事だったようだ。他にも店番や引っ越しの手伝い、庭掃除など、こまごまとした仕事が書き連ねてある。

そのまま日誌をめくり続ける。何か、おじさんの知られざる内面が書かれているページでもあるのではないかと好奇心が湧いたからだ。

『○月□日／土曜／晴れのち曇　来客無。急な気温低下。幽霊の上着探すこと。』

「……幽霊？」

唐突に現れたその二文字は、簡素な業務記録が並んだノートの中で、不自然に浮き上がっていた。

注意して他のページをめくると、「幽霊」はときどき日誌の中に出現していた。『伊勢屋からおこわ貰う。幽霊も食べた。』『幽霊、不調。病院行くべき？』『幽霊、靴下必要？』……。

「幽霊に、靴下？」

ノートに書かれたその意味不明で不気味な文字に、悪寒が走った。

子どものころから、ホラーとか怪談の類いは大の苦手だ。春夫おじさんはオカルト好きの人だったのか？　思わず、部屋の中を見回す。誰もいない。いない……はずだ。

ノートに視線を戻す。業務日誌と「幽霊」の話のほかには、食べ物の記述が多い。誰に何を貰った、という話がよく出てくる。

「自転車屋橋田《はしだ》さん・リンゴもらう……トネリコのマスター・お土産の缶詰もらう……二階の周《しゅう》さん・変わった春雨くれる……小石さん・幽霊に焼き菓子……」

また幽霊だ。しかも、おじさん以外の人にもその幽霊の存在は知られていたような書き方だ。

そこではっとした。幽霊というのは、おじさんがここで飼っていたペットか何かの名前なのかもしれない。ずいぶん悪趣味なネーミングだが、変人と名高い人だったから、不思議ではない。

ソファのすぐ近くにあった、ペット用の大きなケージを見た。そうか、これはそのためのやつか。でも、今は部屋に動物はいない。おじさんが亡くなる前に手放したか、死んでしまったのかもしれない。そうだ。そうに違いない。そうであってくれ。

ちょっとほっとしたら、急に腹が減ってきた。

せっかく専用のキッチンがあるし何か作るかと思ったが、冷蔵庫はこの前掃除して空になっているし、おじさんの遺した米や袋麺なんかはまだ食べられそうだが、野菜やおかずになりそうなものは何もない。

「買い物行くか……」

近所の探検がてら、出かけることにした。

とはいえ、今までと変わらず、贅沢はできない。引っ越しにあたって費用がほとんどかからなかったのは奇跡だが、給料は安く、いつまで同じところで働けるかも分からないからだ。

それでも、コールセンターは資格も学歴も体力も職務経験もない人間が就ける仕事としては、けっこう高時給だ。エアコンの利いた屋内で働けるし、残業はほぼ無いし、職場はだいたい交通の便のいい都心にある。できるなら長く続けたい。でも、そう希望したからといって叶《かな》うわけではない。派遣先が大夢をもう必要ないな、と思えば、そこで終わってしまうのだ。

だから、余計なお金は使えない。削れるところは削って、できるだけつましく生活して、いつか来るかもしれない急な失職のショックに備えないといけない。

外に出ると、いつの間にか空がだいぶ曇っていた。雨になるかもしれない。

一番近い店は、『やはぎ』という小さな青果店だった。店先に野菜や果物の入ったプラスチックのかごが積まれ、それぞれに手書きの値札がついている。エプロンを着けたおじさんがポケットに両手を突っ込んで、その後ろでぼんやりと突っ立っている。

これがいわゆる「八百屋」というやつか。アニメや漫画ではよく出てくるが、実物を見たのは初めてかもしれない。

大夢の生まれ育った町にも大昔は商店街があったらしいが、とっくに消滅していて、あるのは車で十五分くらい走ったところにある大型のショッピングセンターだけだ。巨大な敷地にあらゆる種類の店がぎゅっと詰まっていて、なんでも安くて、買い物が一度で全部済む。

大夢はあらぬ虚空を見つめている八百屋のおじさんの後ろの店内を、そっとのぞき込んだ。平台の冷蔵庫があって、モヤシや豆腐が売られている。肉や卵は見当たらず、ここでは本当に野菜しか買えないというのを確認した。

(不便じゃないのかな、このへんの人は)

通りに目を向けると、やはり肉屋や魚屋の看板も見える。いちいち専門店に入って、別々に会計して、別々の袋に入れて持って帰る。かなりめんどくさそうに思えるが、こういう街ではそれが普通の買い物の仕方、なのだろうか。

ふと顔を上げると、おじさんと、ばちっと目が合った。

「安いよっ！」

「うわっ」

急に大声を出され、飛び上がるほど驚いた。

「お兄さん、今日は茄子《なす》が安いよっ！」

おじさんがびしっと指さした先には、かごに盛られた茄子が並んでいた。一山百六十八円。

「確かに安い……」

「そう。うちはモノはそこそこ、でもとにかく安い！　貧乏人の味方っ！」

そう言いながら、おじさんは手際よく茄子を一山ビニール袋に詰めると、大夢の目の前に突き出した。

「い、いや、買うとは」

「でも安いよっ！」

「あの、ひ、一人暮らしなんでこんなに茄子あっても困りますし」

「じゃハーフだ。はい、ハーフで百円！」

数分後、大夢は茄子の入ったビニール袋を手に、狐につままれたような気持ちで商店街を歩いていた。

まるで催眠術にかかったように、言われるまま百円を出してしまった。これが下町の買い物。気をしっかりもたないと大変なことになりそうだ。

気を改めて、さっきよりこころもちきりっとした顔で油断なく辺りを見回しながら歩く。今度こそ計画的に買い物をせねば。

部屋にあった無洗米はカビも虫も湧いていなかったから、しばらくはあれで主食はもつ。あとは納豆と卵、それとさすがに調味料は買いなおさないとだめだ。マヨネーズとめんつゆと味塩コショウがあればとりあえずなんとかなる。野菜は、袋入りのカット野菜が七十八円以内で手に入る店を探す。茄子は……茄子は、どうにかしよう。茄子の料理なんてしたことがない。実家でも出たっけ？

考え考え歩いていると、鼻先をふわっと甘い匂いがかすめた。

一軒の店先から、真っ白い蒸気が道に向かってさかんに噴き出ている。甘い香りの発生源は、そこのようだった。

「あ」

看板を見て、思わず声が出た。伊勢屋。春夫おじさんの日誌に何度か出てきた屋号だ。

伊勢屋は和菓子店だった。道に面したガラスのショーケースには、大福や串団子と一緒になぜかおにぎりが並んでいる。その横には大きなせいろがあり、何かを激しく蒸している。もう夏だというのに、何をそんなに熱くしているんだろう?

ちょっと眺めている間にも、お客さんがひっきりなしに集まってきて、おにぎりがどんどん売れていく。コンビニのものより小さめで、値段は少し高い。それでも売れていく。白い三角巾をつけた店員が、お客一人ひとりと笑顔で会話を交わしている。

知らない生活だ、と思った。都会の下町と田舎は、買い物ひとつ取ってもこんなに違うのか。自分はなんだか、こういうの、馴染めそうにもない。商店街の入り口近くにあったチェーンのスーパーに頼ろう。

そう思った矢先、頭のてっぺんにぽつりと冷たいものが落ちてきた。

「マジかよ……」

雨粒はあっという間に勢いを増しながら、アスファルトを濃い灰色に染めていく。

大夢は迷った。近くにある店――ラーメン屋と、あと喫茶店兼ケーキ屋みたいな店がある――に飛び込むか、走ってマンションに戻るか。

ケーキ屋の店内では、小さい子どもを連れた母親たちが、楽しそうに笑い合っていた。

それを見た瞬間、走った。

何かを振り切るように走った。その何かが何なのかは、分からない。でも走った。雨脚が強くなる速度に負けないように。

それでも結局、かなり濡れた。到着したメゾン・ド・ミルの白い外壁は、灰色の空の下だと余計に白く浮き上がって見えて、不気味に感じるほどだ。

茄子の入った袋だけ持ってエレベーターに乗ると、急にみじめな気分になって、それからむしょうに腹がたってきた。

何に対しての怒りなのかは分からない。歩いていて、雨に降られただけだ。なんてことない。だが刺々《とげとげ》しい憤りは、なかなか収まらなかった。

前髪からぼたぼた雫《しずく》を垂らしながら、俯《うつむ》いてポケットから部屋の鍵を出す。

「あれっ」

すると急に、後ろから知らない人の声がした。

「他人屋……さん？」

振り向くと、見知らぬ男が立っていた。背が驚くほど高い。カラフルなバッジのたくさんついたピンク色のエプロンをしていて、目をまん丸く見開いている。

「なんですか」

虫の居所が悪かったので、不機嫌さを隠しきれない、尖《とが》った声で返事した。

「いやあの、他人屋さん――小野寺さん、最近姿を見ないんですが、どうされたのかなと思って。もしかして、入院とかされてるんですか」

「死にました」

そう言うと、男はひゅっと息を呑みこんだ。

「ああ、そんな……」

顔色が、みるみる青ざめていく。

そのエプロンには、よく見ると「小石」という字が刺しゅうしてあった。向かいの本屋は『BOOKS小石』。たぶん、その店の人だ。

「ほ、本当ですか？　小野寺さんが、亡くなった？」

「嘘つく理由、ありませんけど」

雨に濡れた全身が冷えてべたついてきて不愉快で、大夢の声はますます刺々しくなる。早く部屋に入ってシャワーでも浴びたい。

しかし、エプロンの男は、まだまだ話しかける気まんまんという雰囲気で、ぐぐっとこちらに詰め寄ってきた。

「救急車で運ばれた、って話は聞いていたんです。でも、まさか、亡くなったなんて。その前の日も元気そうだったのに、どうしてそんな、急に」

「あー、クモ膜下出血らしいです。救急車呼んで部屋からちょっと出たけど、間に合わなかったらしくて。自分も詳しいことはあんまり知らないです」

男はさらに悲しそうな、心底辛そうな顔をして、エプロンの胸元をぐっと摑《つか》んだ。

「なんてことだ……。その日、ちょうど店を休みにしていたんです。普段通り僕が店に居たら、助けられたかもしれないのに……」

その目から、ぼろっと大粒の涙が流れて、ぎょっとしてしまった。

この人は、春夫おじさんとずいぶん親しかったようだ。確か日誌にもちょくちょく「小石」は出てきた。

男はシャツの袖で目元をぬぐいながら、大夢の顔をじっと見た。

「失礼ですが、あなたは……？」

自分が亡くなった小野寺春夫の甥《おい》であること、その部屋を〝居抜き〟で借りて引っ越してきたことを、エプロン男に簡単に説明した。

「そうだったんですか……」

鼻をぐずぐずいわせながら、男は何かを噛《か》みしめるように俯いた。

そのとき、ふいに、春夫おじさんの死をこんなにストレートに悲しんでいる人に会うのは初めてだ、ということに気付いた。

兄も、そしておじさんの実の妹である母も、その死に対しては何よりもまず「困ったこと」という態度を見せていた。そしてそれは、大夢も同じだ。

親戚一同の中から浮き上がっていた春夫おじさん。小野寺一族の中で、こんなふうに泣くほど悲しんだ人は、いたんだろうか。

「申し遅れました。僕はそこの『小石』という書店で店主をやってます。小石川《こいしかわ》と言います」

なるほど、小石川だから、「小石」。年齢は大夢よりちょっと上、アラサーくらいに見える。

虹色や紫や赤の派手なバッジをエプロンにびっしりつけていて、それ以外にもピアスやブレスレットのアクセサリーがじゃらじゃらしている。でも、陽気なチャラ男という雰囲気でもない。なんか変な人だな、と思った。そしてはっきりした理由もなく、なんとなく苦手だな、この人。とも思った。

「他人屋さん――小野寺さんには、よくお仕事をお願いしてたんです。棚卸しとか、模様替えとか、店でやるイベントのお手伝いとかしてもらって。僕、去年横浜から越してきたんですけど、小野寺さん、自分はここに住んで長いから何でも聞きなよって、街も案内してくれたり、すごく親切にしてもらって……」

思わず、「それ本当に、小野寺春夫の話ですか？」と訊《き》き返しそうになってしまった。だって、親戚の自分ですら姿を見ることもレアで、声もほとんど聞いていないような、動く岩みたいな無口で人ぎらいだった人なのだ。他人にそんなに親切にしているところなんて、まったく想像ができない。

「とにかくもう、この部屋に伯父は住んでないので」

そう言って部屋の中に引っ込もうとすると、小石川ははっとしたような顔で大夢を見た。

「じゃあ、これから他人屋さんはあなたが引き継ぐんですか？」

大夢は驚いて立ち止まってしまった。

「え？　いや、やりませんよそんな。普通に仕事あるんで」

「そ、そうですか。でも、看板がまだ出てるので、てっきりまだ他人屋さんが営業してるのかなと……」

言われて初めて、『他人屋』の看板がドアに付いたままなのに気付いた。

すぐに力任せに外そうとしたが、接着でもしてあるのか、ドアにしっかり張り付いていて剝がれない。なんだこれは。賃貸でこんなことしていいのか？

しばらくガタガタと看板と格闘して、自分の力ではどうあっても剝がれそうにないのが分かると、だんだん腹が立ってきて、とりあえずさっさと部屋の中に入ってしまおうとした。しかし。

「あ、あの！」

またしても、小石川に呼び止められてしまった。

「なんすか」

もはや一切イライラを隠さずに、勢いよく振り返る。

小石川は、なぜかきょろきょろと目を泳がせてから、思い切ったように口を開いた。

「あのう……部屋に、幽霊さんは、まだ出るんですか」

「……は？」

〝幽霊〟。また、その言葉だ。

「い、いえ、いいんです。何もなければ。すみません、変なこと言って」

ぺこっと頭を下げ、小石川は慌てたように自分の店に戻っていった。

大夢は404号室の中に入り、すぐに明かりをつけた。背中のあたりがぞくぞくする。雨に濡れたせいだけではない。

部屋の中をじっと見回す。出ていったときと、何も変わっていない。変わっていないはずだ。でも、何かがおかしい。

有名なファミレスチェーンのテーブルに置いてあるすごく難しい間違い探しみたいに、ほんのわずか、はっきりとは分からないくらい、部屋の中の何かが変化している、気がする。

絶対に気のせいだ。幽霊の話なんかされたから、錯覚しているだけだ。必死で頭の中でそう唱える背中を、一気に悪寒が駆け上がってきた。

「へっくしょい！」

部屋中に響き渡るような、大きなくしゃみが出た。

「……風呂入ろう」

洟《はな》を啜《すす》りながら、独り言を言ってバスルームに向かった。

雨に濡れて、風邪をひいてしまったのかもしれない。だからぞくぞくするし、部屋も変なふうに見えるんだ。自分にそう言い聞かせて、ほぼ正方形の小さいバスタブにお湯を張り、湿った服を脱ぐ。

実家に居たときは当たり前過ぎて意識すらしなかったが、トイレと風呂がちゃんとしている部屋というのは、素晴らしい。何ものにも代えがたい。

前のシェアハウスの常に薄汚く臭かった共用トイレと、凄く狭くてお湯が出たり出なかったりしたシャワーブースを思い出す。

仕方ない、と我慢しながら一年以上も暮らしていたが、離れてみると、もう絶対あんなところに住みたくないという気持ちが強く湧いてきた。

しかし、髪の毛を洗ったりしているうちに、温まっているはずなのに首の後ろあたりの悪寒がどんどん強くなってきた。

（やばいぞ、これは）

バスルームから出て着替える頃には、完全に「風邪ひいた」という実感が襲ってきていた。首から上だけのぼせたように暑く、あとは全部寒い。

よろよろと窓際のベッドに向かった。横になりたい。今からしっかり寝れば明日には治っているはず。そうしたら、仕事を休まずに済む。

前の部屋から持ってきた薄いタオルケットにくるまり、安っぽいパイプベッドの上に、倒れるように身を投げ出した。

仕事は休みたくない。仕事が好きなわけじゃないが、時給で働いている。一日休めば、そのぶん収入が減ってしまう。一日ぶんの給料は大きい。だから多少の風邪くらいなら、市販薬とスポーツドリンクをがぶ飲みしてなんとか働く。

横になっているのにめまいがしているようだった。熱の奥に頭痛が顔を出している。暑い。寒い。

ベッドの上で震えながら、以前患ったひどい食あたりのことを、また思い出した。あの時はシェアハウスだったからたまたま他人に助けてもらえたが、今は完全に、一人だ……。

次第に強くなってきた寒気にぶるぶる震える。久しぶりに感じる、胃の奥がひんやりするような気分に奥歯を噛み締める。

これは、心細さだ。

実家から出ると決めたとき、自分の感情をひとつ、殺すことにした。寂しいという気持ちを。これから一生——寿命を全うすると仮定すれば——五、六十年くらいの時間を、一人きりで生きることになる。そのときに一番危険なのが、「寂しさ」というものだと思ったからだ。

だから、ちょっと風邪をひいたくらいで心細くなるわけにはいかない。こんな程度の辛さに耐えられないようじゃ、先が思いやられる。五十年だぞ。その間、何度も何度も、こういう日がやってくるはずだ。一人きりで、具合の悪さに耐えなきゃいけないような日が。何か別のことを考えるんだ。何か楽しいこと。気がまぎれるようなこと……。

目を閉じて、そう一生懸命自分に言い聞かせる。しかし、ぜんぜん、楽しいことが思い浮かばない。

こんなとき、何か趣味でもあったらそのことを考えてやりすごせるんだろうか。そうか、趣味ってそのために必要なのかもしれない。この風邪が治ったら趣味を探そう。五十年くらい暇をつぶせる趣味を——。

いつの間にか、うとうととしていた。浅い眠りの中に、曖昧な夢が流れ込んでくる。さんさんと日が差す庭に、子どもの笑い声があふれている。ばたばたと駆け回る足音も。でも、姿は見えない。子どもの声は、聞き覚えのあるものだった。

『おとなになったら、おれはね、おしろをたてる！　ちょう、でっかいやつ！　そんで、おかあさんとひろむとおしろでいっしょにくらす！　ずっといっしょ！　だっておれ、おにいちゃんだから！』

目が覚めた。

喉が渇いて、心臓がばくばくしている。頭には嫌な夢を見た、という感覚だけが残っていて、その内容はもう消え去っていた。

その時、急に、とても嫌な予感がした。

——視線を感じる。

薄暗い部屋の中で、そっとタオルケットから顔を出した。

そして、ベッドの足元に、ぼんやりと黒い人影が立っているのを、見てしまった。

第三章　404号室

誰か、いる。

からからに渇いた喉からは、悲鳴を出すこともできなかった。

ベッドの足元の方、少し離れた場所に、その人影は立っていた。

ぞろりと長い髪で顔がほとんど隠れていて、だぼだぼの服を着ていて、まるで誰だか分からない。

でも、その視線がまっすぐにこっちに向いているのだけは、なぜかはっきりと分かる。

口を必死にぱくぱくさせながら、大夢はベッドの上でじたばた動いて、そこから逃げ出そうとした。

もしかして、こいつが〝幽霊〟なのか？

それは黙って、わずかにゆらゆらと身体を揺らしながら、ただこちらを見ていた。

パニックを起こしかけていた。どうしよう。この部屋には本当に幽霊が出るんだ。こういうときってどうすればいいんだ。警察？　救急車？　消防車？

ひたすら混乱していると、突然、〝幽霊〟の身体がぐらりと動いた。

「ひっ」

やっと、小さなひきつった悲鳴が出た。これが断末魔になるのか？　これから俺は幽霊に呪い殺されるんだ。やっぱり人が死んだ部屋になんか引っ越してこなければよかった。春夫おじさんも幽霊のせいで死んだのかもしれない——。

目をぎゅっと閉じて、来たるべき最期の時を待った。

しかし、痛みも苦しみも、何も襲ってはこなかった。その代わり、どたどたした足音と、ばたん！　と勢いよくドアが閉められた音がした。

「…………？」

おそるおそる目を開ける。そこにはもう、〝幽霊〟の姿は無かった。

まだ速いリズムを刻んでいる心臓を押さえながら、のろのろとベッドから下りた。

腰をかがめ、慎重に部屋の中を見回す。積まれた段ボール箱のせいで死角がたくさんある中を、ゲームのようにクリアリングしながら進んでいく。

しかし、部屋の中には〝幽霊〟はいないようだった。足で歩いて、ドアを開けて出て行ったのか……。

さらに、そろりそろりと部屋の中を進んだ。衝立の隙間から応接間を覗《のぞ》き、そこにやはり誰もいないことを確認してから、ドアノブに手を掛ける。

この不気味な部屋からとにかく離れたい。しかし、ドアを開けたところにあの〝幽霊〟がいたらどうしよう。ホラーではよくあるパターンだ。

急いで、ドアスコープを覗く。歪《ゆが》んでぼんやり曇った視界には、廊下と向かいの『BOOKS小石』の看板が見えるだけだ。

思い切って、ドアを開けた。頭を半分だけ外に出して、素早くきょろきょろと左右を見回す。

廊下には、誰もいなかった。

ふーっと深呼吸し、後ろ手にドアを閉める。

小さな音量で、どこかから、何かの音楽が鳴っているのに気付いた。『BOOKS小石』の開きっぱなしのドアの向こうから聞こえている。

足が自然にそこへ向かっていく。誰でもいいから、誰か生きている人間の気配のある所へ行きたかった。

「いらっしゃいま――あ、さっきの……」

入ってすぐ横にあるカウンターの奥に、小石川が立っていた。不思議そうな顔をしている。

「ど、どうしました？　なんだか顔色、悪いですよ」

「さっき言ってたアレ、どういう意味？」

カウンター越しに、小石川にずいっと詰め寄った。

「アレ、とは……」

「さっき、変なこと言ってただろ。幽霊がどうとか」

そう言うと、小石川は、ああ、と小さな声を漏らした。

「……とりあえず、座ってお話しませんか。いま、お茶を淹れてきますから」

小石川の指さす先には、ソファが置かれたスペースがあった。

正直、立っているのがしんどかったので、素直にその種類がばらばらのソファの一つに腰をおろした。

辺りを見回すと、そこは書店というより、本の多い雑貨屋みたいな空間だった。壁に並ぶ本棚のほかにもあちこちに小さい棚やテーブルがあり、チラシやよく分からない小物が並べてある。

カウンターの上には、片方に三角の模様が付いている小さな虹色の旗が置いてあった。

さっき廊下で聴いた音楽は、まだ鳴っていた。素朴な雰囲気の、知らない国の民族音楽みたいな曲だ。

本棚に並ぶ背表紙を見てみると、聞いたこともないタイトルと作者の名前だらけだった。英語の本や絵本もある。本なんてもう何年まともに読んでいないだろう。

「どうぞ。ほうじ茶です。嫌いじゃないですか？」

お盆に湯気を立てるマグカップを二つ載せて、小石川が戻ってきた。

無愛想な会釈をして、カップをつかむ。正直、いま温かいお茶が飲めるのはありがたかった。

「あの……本当に大丈夫ですか。ひどい顔色ですよ」

心配そうにこちらを覗き込んでくる小石川から、顔をそむける。妙に居心地が悪い。

「部屋におじさんがつけてた日誌みたいなのがあって、そこに〝幽霊〟っていうのが何度も出てきた。この店のことも。何か知ってるんだろ」

そう言うと、小石川はうーんと唸《うな》って、視線をきょろきょろとさまよわせた。

「どう言ったらいいのか……。小野寺さんからは、何も聞いていなかったということですよね」

「特に付き合いなかったから。ただ、親戚なだけ」

「その日誌には、どういうふうに書かれていたんですか」

「どういうふうっていうか、ときどき『幽霊になんとかを食べさせた』みたいな話が出てきてた。それだけしか分からない」

小石川は自分のほうじ茶を一口飲むと、またうーんと唸った。

「僕も、小野寺さんのお話を聞いていただけなんです。小野寺さんはたまに仕事帰りにうちに寄って、世間話とかお茶を飲んだりとかしていたので。それで……たまに、お弁当とか飲み物を二人分持っていることがあったんです。一人暮らしだっていうのは聞いてたので、たくさん食べるのかな、二食分いっぺんに買ったのかなと思って最初は気にしてなかったんですが」

小石川はそこで言いにくそうに言葉を切った。

「ある日何かの話のついでに、小野寺さん、『うちには幽霊がいるんだ』って。そしてすぐに、『あ、これはあんまり言っちゃいけないな。ないしょの話だよ』って言ってて……」

『うちには幽霊がいるんだ』

春夫おじさんが言ったというその言葉を、頭の中で繰り返した。

「何かの冗談とか、こっそり飼ってたペットの名前、とかじゃないの？」

そうであってくれと祈る気持ちで言う。

「僕もそう思ってました。でも小野寺さん、あまり冗談を言う人じゃあないし」

それは分かる。冗談以前に、そもそも年齢も風体もまるで春夫おじさんと違うこの小石川と、そんなに気軽にお喋《しゃべ》りをする仲だった、というのがまだ信じられない。

「少し前に、うちでチャリティーバザーをやったんです。友達のアーティストや古着屋さんに声かけて、いろいろ出品してもらって。そしたら小野寺さんが来て、アウターを一枚買っていってくれたんです。ずいぶん長いこと悩んで、選んで」

「それが？」

「明らかに、小野寺さんのサイズじゃないものだったんです。何度も確認したけど、これでいいんだって。こそっと、幽霊に着せるやつだから、って……」

『○月□日／土曜／晴れのち曇　来客無。急な気温低下。幽霊の上着探すこと。』

　おじさんの日誌にそんなようなことが書いてあったのを思い出した。

「それで、ああもうこれは絶対ペットとかの話じゃないなと思って、別の日に、もしかして誰かと同居されてるんですか？　って訊《き》いてみたんです。でも小野寺さん、そうじゃない、あの部屋には幽霊がいるんだ、自分が来るより前からあの部屋にとりついてるから、こっちが間借りさせてもらってるようなものだ、って言って……」

　背中にまた、ぞくっと悪寒が走った。風邪のせいか、違うものなのか判別がつかない。

「その……見たこと、あるの？　おじさんが言ってた、幽霊ってやつ」

「僕は姿を見たことはないんです。でも、同じこのフロアに住んでいる人が、夜中に廊下をふらふら歩いてる髪の長い白い服の女を見た、ってちょっと騒ぎになったことはありました」

　髪の長い――。

　さっきの〝幽霊〟の姿が浮かんだ。

　あの〝幽霊〟は、確かに髪が、かなり長かった。でも顔はほとんど全部隠れていたし、男か女か、何歳くらいかなんてことはまったく分からなかった。一瞬だったし。

「……小野寺さん、〝幽霊〟のこと話すときは、なんだかいつもと違う雰囲気でした。なんて言ったらいいか分からないんですけど、大切なことを話してくれているんだな、という感じで」

一生懸命、その様子を想像しようとしたが、無理だった。生前の春夫おじさんと顔を合わせたのは、祖父の葬儀のとき一度きり。喪主なのに無言でぼんやりと外を見ていた無表情しか知らない。

「――なんだか、知らない人の話聞いてるみたいだ」

「どういう意味です？」

「そっちの話すおじさんと、俺の知ってるおじさん、別人みたいに思える」

そう言うと、小石川は顎の下に手を当てて、考え込むような仕草をした。

「僕から見た小野寺さんは、明るくて親切で、他人屋さんの仕事をすごく楽しそうにやってました。頼むのが申し訳ないようなちょっとした作業でも、嫌な顔ひとつしないで安い料金で請け負ってくれて。だから近所の人たちにも評判だったんですよ。この辺り、独居のお年寄りも多いし、何か困ったことがあれば他人屋さんにお願いすればいい、みたいな感じで」

ますます混乱する。無口すぎて親族中に不気味がられていた「無職でごくつぶし」の春夫おじさんへの評価とはとても思えない。

「僕は〝幽霊〟が何なのか、つっこんで訊いたりはしませんでした。小野寺さんの、大切な領域にあるものなんだなと思ったので。でも今思えば、もっとちゃんと話せばよかった。ないしょと言いながら僕に何度かその話をしてくれたのは、小野寺さんなりのメッセージだったんじゃないかなって思うんです。僕がそれを、臆病で面倒がって、ちゃんと受け止めなかったから……」

小石川は洟を啜《すす》って俯《うつむ》いた。こいつすぐ泣くな、と思った。

「僕は小さくても居心地のいいコミュニティーをつくりたいと思って、この店を開きました。でも身近な人のことすらちゃんと見えていなかった……」

小石川は鼻をぐずぐずさせながら顔を上げて、はっとしたようにこちらを見た。

「あ……そういえば、お名前伺ってなかったです」

「……南」

「南さん。部屋で見たんですね？〝幽霊〟を」

少し迷ったが、小さく頷《うなず》く。

「寝てたら急に視線を感じて、ベッドの足元に……髪の長い人間がいた」

「それから……？」

「走って逃げていった」

呪い殺されると思って目をつぶっている間に出て行った、というちょっと情けないディテールは、言わなかった。

「ふっと消えた、とかではなく」

大夢は頷く。

「じゃあやっぱり、足の生えてる、人間……だったんですかね。その不審な人が、小野寺さんの言っていた〝幽霊〟だとすると」

　確かに、どたばた足音を立ててドアをバーンと閉めて出ていく幽霊というのはあまり聞いたことがない。そういうがさつな霊も、中にはいるのだろうか。

　そのとき、ふと、とんでもないことに思い当たった。

「俺……鍵、かけてた。部屋の。絶対に。あの幽霊、どこから入ったんだ？」

　治安の悪いシェアハウス暮らしで、ドアの施錠はしっかり身にしみ込んでいる。部屋に帰ったら絶対に鍵をかけていたはずだ。

「ふーむ……なんだか密室ミステリーみたいですね。なぜ鍵のかかった部屋の中に住人以外の人物がいたのか、考えられるパターンはいくつかありますけど」

　何がミステリーだ、面白がるな、と内心でいらっとする。

「1、本物の幽霊でどこでも出入り自由自在。2、南さんが越してくる前からずっと部屋のどこかに隠れていた。3、合鍵を持っている」

「あ、合鍵？」

　どれもぞっとしない推理だったが、三番目は特に嫌だと思った。見ず知らずの不気味な人物が、部屋に自由に出入りできてしまうのだ。

「〝幽霊〟が超自然的な存在ではなくただの人間で、ようするにあの４０４号室で小野寺さんと同居していた方だとすると、可能性はじゅうぶんにあります。というか、それが一番自然かも」

肺からしぼり出すようなため息が出た。やっぱり、勢いにのせられて引っ越しなんかするんじゃなかった。後悔が押し寄せてくる。ただ安く、ほんの少しでもいい環境で寝起きしたかっただけなのに。

一度不安になってくると、全てがおかしく思えてきた。大家の林の強引な勧誘、冷たい管理人の態度。どれもこれも、今考えると、なんだかまるで、罠《わな》にはめられたみたいだ。

(――いや、違うな。これは、だめだ)

眉間を指でぎゅっと押さえて、頭を振った。

極端なマイナス思考になるのはよくない。これも普段から自戒していることだ。

自分の性格が、決して明るいタイプではない自覚がある。だからこそ、健康に、スムーズに生きていくためには、なるべく物事を悪い方に考えないようにする、と前から決めている。

暗く考えようと思えばいくらでも暗くなれる。きっと自分はそういう人間だ。そのまま深みまではまり込んで出られなくなったら、生きていくのがますます苦しく、めんどうくさくなる。

人生の明るいところだけ見ていればいい。

悩んだり、深く考え込んだり、疑ってかかったり、多角的に見たり。そういうのは、余裕がある奴がやればいいことだ。明日の暮らしも知れないのに、そんなめんどくさいこと、してられない。

「南さん、大丈夫ですか。やっぱり、体調悪いんじゃないですか」

小石川の声に、はっとして顔を上げる。

「体調なんてどうでもいいよ。部屋に勝手に知らない人間が出入りしてることのほうが大問題だ」

しかし正直、今こうして喋っている間も喉がイガイガしてきているし、頭もぼんやりする。もうこれは確実に、風邪だ。

でもまたあの部屋に戻るのは、今は嫌だった。いつまたあの不気味な人影が入ってくるのか分からないんじゃ、おちおち眠ることもできない。

だけどもう、大夢には、ほかに帰る場所なんてないのだ。

（詰んだ……）

がくりとうなだれる。そこに、廊下の向こうからガンガンという騒音が聞こえてきた。

そのガンガン鳴る騒音は、ドアを思いっきりノックしている音らしかった。ノックというか、ぶん殴ってる感じに近い。

「他人屋さーん！　おーい！　いねえのかい！」

404号室のドアを、知らない老人が叩きまくっていた。あぜんとしていると、小石川がさっと立ち上がりその老人のもとへ駆け寄った。

「あの、どうしました」

「ああ、他人屋さんにちょっと頼みたい仕事があんだけどさ、この前っからずうっと留守なのよ。困っちまってよ」

廊下の小石川と店の中の大夢は、黙って顔を見合わせた。お互いに困惑の表情をしている。

「あのう……実はですね、他人屋さん、つい先日亡くなられたそうなんです」

「えっ！　ほんとかい。なんてこった。随分と急な話じゃねえか！」

老人は大声で叫ぶ。えらく元気がいい。

「僕も今日知ったばっかりなんです。なので、他人屋さんはもうやってないんです」

小石川はそう言いながら、確認を取るようにちらっと大夢の方を見た。

「まいったなあ。今日中になんとか物置から引っ張り出したいもんがあるンだよ。解体するから片付けなきゃいけなくてさ」

老人は頭をぼりぼり掻きながらため息をつく。作業ズボンの腰に軍手とタオルを挟んでいる。

「にしても、何があったってんだよ。まだおっ死《ち》ぬようなトシじゃねえだろ、あの人」

「急病だったらしくて……。僕もびっくりしてます」

「なんてのかねえ。いい人ほどさっさと逝っちまうねえ。しかしあれだ、看板はまだ出てるじゃねえか。もう誰も住んでないのかい、ここには」

「ええと……」

ふたたび、小石川が視線を向けてくる。老人も、つられてこっちを見る。

大夢はどこかに隠れたくなった。野生のカンが、何か面倒なことになりそうなのを感知した。

「はあ、するってえと、この若いのが他人屋さんの倅《せがれ》なのかい」

『BOOKS小石』の店内までやってきた老人は、座ったままの大夢を上から下までじろじろ眺めまわした。気の利かない小石川が、「あれが404号室に今住んでる、他人屋さんの親戚の人です」と大夢を指さしてしまったのだ。

「息子じゃないです。甥《おい》です」

「ほーん。そんで、他人屋はあんたが引き継いだってことか」

「違います。無関係です」

「でも、看板がかかってるじゃねえか。そうだ、この際甥っ子でもなんでもいいからよ、ちくっとうちに来て手伝ってくんねえか」

「いや、だから俺はそういう仕事はしてないんですってば」

「カタいこと言うない。若《わ》けぇんだし体力あるならパパッと済むちょっとの仕事だからさ。香典がわりと言っちゃあなんだが、代金にもイロ付けさせてもらうぜ。なんせ時間がないんだ、時間が」

親指と人さし指で輪っかを作る「お金」のジェスチャーを見せられて、大夢の文字通り現金な部分が、ぐらっと動いた。

「……短時間で済むなら」

「おう、時間は取らせねぇよ。引き受けてくれるかい？　いやー助かった！　なら善は急げだ。今から来てくれや」

老人はぱんと両手を叩いて破顔した。

一瞬迷ったが、ソファから立ち上がり老人の後ろをついていく。

「ちょ、ちょっと待ってください、南さん」

後ろから、小石川に呼び止められた。

「なに？」

「なにって、大丈夫なんですか。そんなに体調悪そうなのに」

「大したことないから、これくらい。それに、あの部屋に今戻りたくない」

横目で404号室のドアを見る。これ見よがしに張り付いている『他人屋』の看板がうとましい。

「やめたほうがいいですよ、身体のことを第一に考えたほうがいいですってば」

大夢は小石川の言葉を無視して、歩き出した。

なぜだろう。小石川に対して、第一印象から「なんかむかつく」という気持ちが消えない。

老人のあとについて千朝町を歩きながら、首をひねる。

世の中、理由も理屈もなく、どうしたって苦手なものというのはある。例えば食べ物だと、昔からどうしてもブドウが好きになれない。でもその理由をうまく言葉で説明することも、できない。ただ、嫌いなのだ。

そしてそれについて「おいしいし身体にいいから食べてみなよ」とか、「まだ本当においしいブドウを知らないだけ」とか、「人生半分損してる」とか、「食わず嫌いのワガママ」とか言われても、どうすることもできない。嫌いなものは嫌いだ。内心で、うるせえバーカと毒づくだけだ。

たぶん小石川が気に食わないのも、ブドウと同じだ。その理由を誰かに説明する必要はないし、自分を納得させる必要もない。

そう結論づけて、もうこれ以上このことについて考えない、と決めた。

「さっきは急だったから言い忘れちまったけどさ、この度は、ご愁傷さまです。惜しい人亡くしたなァ」

老人が歩きながら口を開く。

「他人屋さんにはちょくちょく世話になってたからさあ。ちょっと人手が欲しいってときに、ほんとにありがたいんだよな。俺だって手前でやれることはなんでもやるけどよ、一人住まいだとどうしても手が回らねえところも出てくるからな」

「……伯父は、ちゃんと働いてたんですか」

春夫おじさんは親戚の間では「無職のごくつぶし」として名高い人間だった。

「そりゃ、じゅうぶん以上にやってくれたよ。明朗会計、頼んだら身体さえ空いてりゃ気持ちよく引き受けてくれるんだから。この近所でも犬の散歩やらバアさんの話し相手やら、みんないろいろ頼んでたよ。雨どいやら棚やら直したりするのもうまかったよ。器用な人だったなあ」

いつの間にか雨があがっていた千朝町は、涼しい空気が流れていた。

この通りを歩く春夫おじさんの姿を想像してみた。道具箱か何かを持って、近所の人たちと気軽に挨拶を交わしながら歩く姿を。

「ほい、ここが俺んち。で、物置はこっち」

十分も歩かずに着いた老人の家は一戸建てで、門に「川上《かわかみ》」と表札がかかっていた。そんなに大きくはなく建物もだいぶ古そうだが、庭もあり、日当たりもよさそうな家だ。

「倅は勤めの都合で神戸にいるんだけどよ、孫が高校からはこっちの学校に通いたいっつってるんだよ。まだ受験もちょい先だけど、そうなったら庭に勉強部屋でも建ててやろうと思ってさ」

庭の隅には古い物置が建っていた。

川上老人がその引き戸を開けようと引っ張る。ガタガタしてかなり建て付けが悪い。

「兄《あん》ちゃんは学生さんかい？」

「えっ、いいえ、社会人です」

「そうかそうか。出身はこっちかい」

「いえ、宮城です」

「おっ、伊達政宗か」

げんなりする。出身地を言うと、だいたい伊達政宗か笹かまぼこか震災の話をされる。そのどれも、大夢にとっては特に語るべきことのないトピックだ。

海から遠く離れた、だだっ広い、のっぺりとどこまでも続く味気ない住宅街が頭の中に甦《よみがえ》ってくる。二十年以上暮らした場所なのに、その殺風景な景色しか浮かんでこない。

風が吹いた。涼しいを通り越して、うなじを寒気が撫《な》でていく。悔しいが、小石川の言う通り具合はだいぶ悪い。ほとんど気力でもたせている。

「この一番奥にある大物を引っ張り出してえのよ」

やっと開いた物置の扉の向こうは、隙間が見えないくらい物がぎっちりと詰まっていた。

「どうだい、やれそうかい」

急に振り向いてこっちを見た川上老人に、大夢は反射的に頷いてしまった。

「そうかい。じゃ、始めるか！」

力仕事が始まった。軍手を借りて、物置に詰まっているいろいろなものを庭に引っ張り出す。たいして大きくもない物置なのに、冗談みたいに、出しても出しても物は減らない。重たい段ボール箱、軽い段ボール箱、錆びた三輪車、かなり古そうな掃除機、分厚いテレビ、分厚いパソコン、ビデオデッキ……。

舞い上がる埃《ほこり》に、何度か大きなくしゃみをした。

「おっ、あったあった。やっぱり一番奥に入ってやがったな」

しばらくして、川上老人が物置を指さした。そこには、畳一畳ぶんくらいはありそうな大きな木の板が壁に立てかけてあった。

「ここの中身はガラクタばっかりだけどよ、あれだけは残しておかなきゃなんねえからさ」

いろいろな荷物をかき分け、乗り越えながら、奥まで進む。

「久しぶりに見たなぁ……」

しみじみとそう呟《つぶや》きながら、川上老人はその大きな板の前で腕組みをした。

「なんなんですか、これ」

大夢が問うと、ニカッと笑顔を向けてきた。

「どれ、ひっくり返してみるか。そっち持ってくれや」

不安定な足場で踏ん張りながら、大きな板を二人で抱える。

ぐるっと裏表を返すと、そこには大きく『だるま』と書かれていた。

「だるま……?」

「昔の屋号よ。最初に持った店の看板だ」

大きな板いっぱいに木彫りの文字で堂々と書かれた『だるま』の三文字は、漆塗りで黒光りしている。

「こう見えて俺ぁ元・板前なんだよ。中学出てすぐ神田の料亭で修業してよ、キツかったけど絶対自分の店を出すって目標があったからな。がむしゃらに働いたもんよ」

「はあ」

生返事をする。さっき初めて会ったばかりの老人の昔話なんて、興味が持てないものの最たるものだ。

「あの頃は今よりいろいろ不便だったかもしれねえが、景気も良かったし板前もお客さんも、その辺歩いてる兄ちゃん姉ちゃんだって、なんつうか勢いがあったね。人に華があった。今じゃどこ見てもしみったればっかりでよ。金持ちやお偉いさんも貧乏人とおんなしようなシケた面してやがる。東京がこんなに辛気くさい街になるなんて、俺ぁ夢にも思ってなかったよ」

昔は良かった話か。さらにうんざりする。

生まれた時からすでに長い不景気のただ中だったし、母親は年齢的にはバブル世代だけど、「田舎者にはそんなもの関係なかった」と言っていた。

「兄ちゃんもさっきから随分とショボくれた面してるじゃねえか。ちゃんと食ってんのか？」

川上老人が、無遠慮にまた大夢を頭のてっぺんからつま先までじろじろと眺めまわす。

「食ってます」

反射的にそう言ってから、今日はろくに食べていないのを思い出した。さっさとこの仕事を終わらせて、牛丼でもテイクアウトしたい。

「しっかし懐かしいなあ。懐かしいって思えるのが驚きだよ。やっとそれっくらいの気持ちの整理がついたってことだぁな」

川上老人は木彫りの「だるま」の文字を大きな手のひらで撫でた。

「ここんとこ、この端っこ、ちょっと焦げてんだろ」

そう言って看板の端を指さす。確かに、その部分の木は焼け焦げたような痕があった。

「この栄えある俺の最初の店はよ、きれいさっぱり燃えちまったんだ」

「も、燃えた?」

「そうよ。なんでだと思う」

「さあ……。戦争とか?」

「バカ野郎、俺を何歳だと思ってんだ。そんな大昔の話じゃねえよ。放火だよ、放火」

放火。その言葉のインパクトに、うまく言葉を返せず、息を吞んでしまった。

「――同期ン中じゃあ、俺がいちばん仕事覚えるのが早くてよ。板長ともウマが合って可愛がられたし、出世頭だったんだ。そんで頑張って頑張って苦労して苦労して、三十になる前に独立して、一国一城の主よ。てぇしたもんだろ? それが、たったの三年で燃えカスになっちまった」

川上老人は遠い目をして焦げた看板を見つめた。その大きな板の向こうに、大夢には見えない何かが見えているようだった。

「犯人、捕まったんですか」

「おう。半月くらいで自首してきやがった。あの野郎、憑《つ》き物が落ちたみてえなサッパリした面してよう。いまだに思い出すたび腹が立つぜ」

「え、知ってる人が……？」

「知ってるも知らないもねえよ。最初に修業した店の先輩だ」

川上老人は、ふーっと大きなため息を吐いた。

「動機はつまらねえ嫉妬だよ。後輩の俺が先に独り立ちして出世したのが気に入らなかったんだとさ。そんなもんで、俺が積み上げてきた努力も夢も、なんもかもがパアになっちまった」

看板を撫で続けながら、川上老人は喋り続ける。

「ふざけた話だけどよ、もうそうなると、手前の看板出して商売するのがおっかなくなっちまってね」

「……仕事、変えたんですか」

「俺ぁ包丁握るしか能がねえからなあ。チェーンの居酒屋の雇われ店長になって、定年までしっかり勤め上げたよ。チェーンっつってもよ、うちの店は評判良かったんだぜ。工夫できっことはいろいろあるからなあ。兄ちゃんも知ってんだろ、ここの駅前にもある『むら里《さと》』って店」

東京ではそこらじゅうで見るチェーンの大衆居酒屋だ。

「兄ちゃんも、どっかで雇われで勤めてんのかい」

「はあ、まあ」

派遣社員という立場は、確かに企業に雇われて働いていることは間違いないのだが、正社員はおろか直接雇用のアルバイトよりも足元があやふやな気がして、こういう質問にいつもはっきり答えられない。

「仕事、楽しいかい」

「とくには……クレーム係なので」

「そりゃしんどいな。働いてっと、いろんな人間に会うよなあ。店が燃えたときはよ、俺ぁさすがに人間ってもんに絶望したよ。なんてくだらねえ、おっかねえ生き物だって思ってよ。勝手に逆恨みされて火ぃつけられるなんて、三面記事の世界の話だと思ってたけどよ、自分の身に起こっちまうんだもんなあ」

思わず大きく頷いた。今まで仕事で対応してきた数々のクレーマーや、どうしても話の通じない人間たちの嫌な思い出が頭の中を駆け巡る。

特にコールセンターの仕事を始めてから、自分の常識が通じない人間が世の中にはいる、ということを日々目の当たりにしている。大夢の基準で考えればどうしたっておかしいことを、堂々と、何度でも、何時間でも主張してくる人間が、驚くほど大勢いるのだ。

「しかしよ兄ちゃん、人間を絶望させるのも人間なら、救ってくれんのもまた人間なんだよ」

川上老人はそう言うと、大夢の肩をばしっと勢いよく叩いた。

日暮れ始めた通りを歩きながら、ポケットの中を手でさぐる。

ティッシュに包まれた千円札が三枚。川上老人からの「バイト代」だ。一時間ちょっとの労働でこれなら、良くはないが悪くもない。と、思いかけたが、この三千円には春夫おじさんへの香典も含まれているはずだ。

そう考えるとシケた話だ。おそらくバイト代が二千円、香典が千円という計算だろう。とはいえ、思わぬ臨時収入だ。これで夕飯はまともなものが食べられそうだ。

歩きながら何を食べようか頭をめぐらせたが、不思議と食欲が湧いてこない。それどころか、胃が重くて、若干吐き気も感じる。

そうだ、体調が悪かったんだ。

川上老人の話に圧倒されて、具合の悪さをつい忘れていた。昔から、ちょっとこういう鈍感なところがある。転んで足をすりむいて、その時は確かに痛かったのに、いつの間にか忘れて化膿させてしまったり。

一度思い出すと、体調はふたたびどんどん悪くなっていった。気づかなければよかった……と心の中で舌打ちする。

とにかく横になろう。寝れば治る。睡眠は万病に効く薬だ。

「あっ」

大夢は立ち止まった。そうだ、今の寝場所には得体のしれない〝幽霊〟が出るかもしれないのだ。

呆然と立ちすくみながら、熱っぽい頭でぐるぐると必死に考える。

別の場所で寝る――どこで？　ビジネスホテルは高いし、普通のホテルはもっと高いし、ネットカフェではろくに身体が休められないだろう。泊めてくれる友達もいない。というか、友達がいない。仮にいたとしても、病気だから泊めてくれなんてはた迷惑なことは、とても頼めない。

野宿――余計に具合が悪くなるのは間違いない。今の季節は昼間は暑いくらいだけど、夜は冷え込む。だいたいこういう街の中で通報されずに横になれる場所なんて、どこにあるのだろう。公園や駅のベンチは人が寝られないように細工してあるし、ビルや商業施設は監視カメラがあるだろう。

つまり、残された選択肢はひとつしかない。

メゾン・ド・ミル４０４号室に帰るしかないのだ。

仕方なく戻る途中で、足元がだいぶふらふらしてきた。途中でドラッグストアを何軒か通り過ぎたが、薬は高いだろうし、何を飲めばいいかも分からない。

もうちょっと頭がはっきりしていれば、最低限の水や食料を買って帰るということができただろうが、もう「帰って寝る」以外のことが考えられなくなっていた。

やっとの思いでマンションに辿《たど》り着き、エレベーターで四階まで上がる。

廊下に並ぶ奇妙な店舗は、もう店じまいしているところもあった。向かいの『BOOKS小石』も看板がしまい込まれている。

「ん……？」

自分の部屋である404号室のドアノブに、白いビニール袋がひっ掛けてあるのに気付いた。もちろん、自分で掛けた覚えもないし見覚えもない。

おそるおそる袋の中を覗き込むと、中にはスポーツドリンクのペットボトルと、ゼリー飲料と、レトルトパウチのおかゆが入っていた。

「なんだこれ……」

胃に優しい食料と飲み物。どれも今まさに、大夢が欲しいと思っていたものだった。それが余計に不気味で、背中がぞわっとする。

そのとき、袋の底に何か紙が入っているのに気が付いた。

半分に折られたメモ帳みたいな紙で、開くとクセのある字でこう綴られていた。

『南さんへ　小石川です。具合大丈夫でしょうか。よかったらこちら食べてください。もし何か必要だったり、緊急の場合は連絡してください。すぐ近所に住んでるので、いつでも大丈夫です』

メモの最後には、ＬＩＮＥのＩＤと携帯電話の番号が書かれていた。

大夢はドアの前でしばらくそのメモを見つめた。そしてそれをビニール袋の中に勢いよくねじ込むように戻し、部屋の中に入った。

明かりはつけず、ベッドに真っすぐに向かう。

（幽霊でも殺人鬼でも変態でも、出るなら勝手に出ろ。寝るのさえ邪魔しなければもうなんでもいい。どうでもいい。頼むから、そっとしておいてくれ）

倒れるように横になり、目を閉じた。

風邪をひいたときの睡眠とは、こんなに不愉快なものだっただろうか。

もう指の一本も動かせないくらいだるいのに、寒気や熱っぽさに邪魔されて深く眠ることができない。身体はひっきりなしに不快感や辛さを脳みそに訴えかけてくる。あちこちがエラー表示でちかちか光る壊れた機械になった気分だ。

それでも我慢して目を閉じていると、やっと強めの眠気がやってきた。

深く眠ってしまったら、また幽霊がやってきても気が付かないかもしれない。ドアの前につっかえ棒でもしておくんだった……そんなことを考えながら、なんとか眠りについた。


次に目が覚めたのは、自分の咳のせいだった。

げほげほとベッドの上で身体をバウンドさせながら、枕元に放り出していたスマホをタップした。夜の十二時を過ぎていた。かなり眠ってしまったらしい。

喉がからからだった。胃がもやもやしていて、食欲は相変わらずぜんぜん無かったが、水分は欲しい。Ｔシャツが汗を吸っていて気持ち悪い。でも、寒気は少し、ましになっていた。

「ん……？」

起き上がろうとして、ふわふわとしたものに手が触れた。

スマホのバックライトで照らしてみると、それは毛足の長いブランケットだった。派手なヒョウ柄で、タオルケットの上から大夢の全身をすっぽり包みこんでいる。

こんなもの、掛けて寝たっけ。ぼんやりする頭で思い出そうとするが、どう考えても記憶にない。

がばっと起き上がった。とたんに鋭い頭痛が襲ってきて、うめく。

「ううう……」

暗い部屋の中をスマホの明かりを頼りに見回す。誰もいない。

ベッドの足元には、小石川のメモ入りビニール袋が転がっている。これ、ここまで持ってきたっけ？　部屋に入ってすぐのテーブルの上に放り出しておいた気がする。

嫌な予感が、じわじわと迫ってくる。

意を決して、痛む喉で大きく息を吸った。

「だ……誰かいるのか！」

大声を出したつもりだったが、がらがらの喉からは、まるで迫力のない声しか発せられなかった。

「こ、ここはもう俺が契約して住んでるんだ。勝手に入ってきたら、あれだ、不法侵入だからな。出ていかないと警察呼ぶぞ！」

心臓をばくばくさせながら、そう叫んだ。

応答はない。部屋の中はしんとしたままだ。

しかし。息をひそめて、ベッドの上でじっとしていると、やがてかすかな物音が聞こえてきた。

ぺた。ぺた。ぺた。

裸足の足が、フローリングの床を踏む音。

全身から血の気が引いた。

今さっき言ったことばを猛烈に後悔した。怒鳴ってごめん、頼むから帰って！　と言いたかったが、ひきつる喉からもう声は出ない。

ベッドの足元の方に積んである段ボール箱の陰から、にゅう、と腕が一本現れた。骨ばった白っぽい手が、ゆらゆらと揺れている。

本当にいた。オバケだ。幽霊だ。

怖くて心臓が止まりそうなのに、目を逸《そ》らすことができない。

よく見ると、手は何かをつまむように持っていた。やはり白っぽい、ピンポン玉くらいの大きさの丸いものだ。

手首が大きくしなったかと思うと、それが、ぽん、とベッドに投げつけられた。

「ひぃっ！」

大夢はとうとう悲鳴を出せた。爆弾とか、何か攻撃的なものを投げつけられたと瞬時に思って目をつぶった。

ぎゅっとつぶっていた目をおそるおそる開ける。丸いものは、ヒョウ柄のブランケットの上にぽとりと落ちていた。ごく軽いもののようだった。

スマホのライトに浮かび上がるそれは、丸めた紙くずのように見えた。

「……」

恐怖で震える手で、そうっと、それをつまみあげた。

ノートのきれはしだった。死ぬほど緊張しながらしっかり丸めてある紙を開くと、小さな字で
『死にそう？』

と、書いてあった。

こんなの、絶対、呪い殺されるやつだろ！　意味は分からないが、不吉な言葉に違いない。

これ、なんて答えたら正解なんだ？

ふいに、小学生のとき、学校中でまことしやかに囁《ささや》かれていた「七不思議」のことを思い出す。

確か、夜に校内のトイレに入ると怪人が現れて、赤い紙がほしいか青い紙がほしいか尋ねてくる。その質問にうっかり答えてしまうと、どっちを選んでも無残に殺されてしまう……そんな話で、小学生の大夢は本気で怖がっていた。

正直に言うと、今だって怖い。ホラーや怪談は本当に苦手なんだ。

いや待てよ、あれは答えちゃうと殺される話だったっけ。答えないでいると殺されるパターンじゃなかったか？　だめだ、思い出せない。どうすれば幽霊の呪いから逃げられるんだ。

そう思っているうちに、もう一つ、丸めた紙くずがベッドの上に投げつけられた。

次はこれを読んだら死ぬとか、そういう罠じゃないだろうな。読みたくない。読みたくないぞ。

そう思ったが、何が書いてあるのかはどうしても気になる。

結局、好奇心に負けて、二つ目の紙くずをそうっと開いた。

『たすけてほしい？』

予想外の内容だった。どういう意味だろう。でも、これにイエスと答えたら、幽霊がここまでやって来てしまいそうな気がする。

「い……いらない！　助け、いらない！」

必死にそう叫ぶと、段ボール箱の向こうで、何かががさがさと動いているかすかな気配がした。

頼む、頼むから成仏してくれ。ここから出てってくれ。こうなったら神頼みしかない。大夢は両手を合わせて仏とか神とかお坊さんとか、頭に浮かんだ「幽霊に効きそうなひと」に片っ端から祈った。

するとまた紙くずが投げ込まれた。こうなったら見るしかない。そこには、

『ハルオはどこ？』

と、書かれていた。

第四章　幽霊の手紙

幽霊から投げつけられた『ハルオはどこ?』というメモに、大夢は一瞬、恐怖も忘れるくらい驚いた。

この幽霊は、春夫おじさんのことを知っているのだ。やっぱり、日誌に出てきた幽霊は、このことなのだ。

段ボール箱の向こうで、幽霊がじっと息をひそめている気配がする。大夢が答えるのを待っている。

「お……おじさんは、春夫おじさんは」

ためらいがあった。これを言っていいのかどうか、判断に迷った。

でも、あの箇条書きに毛が生えたみたいな日誌の中で、春夫おじさんは何度も幽霊のことを書いていた。

それも、世話を焼くような、面倒を見ているような、そんな雰囲気の文章が多かった。

「春夫おじさんは、死んだ」

がたっ、と、何かが床に落ちる音がした。

緊張しながら耳をすますと、ひゅー……という、荒い呼吸の音も聞こえる。

しばらくすると、またメモが投げつけられた。

『どうして』

字はさっきよりもひどく歪《ゆが》んで、震えていた。

「病気で……。自分で救急車呼んで、この部屋から出ようとしたところで力尽きたって聞いた」

いつの間にか、恐怖はだいぶ薄れていた。

ひどく長く感じられる時間のあと、また、丸めたメモが投げ込まれる。

『おまえはだれ』

「俺は、春夫おじさんの甥《おい》。俺の母さんのお兄さんが、春夫おじさん。でも、会ったことは数えるくらいしかないし、ここに住んでたのも、死んでから初めて知った」

もしかしたら、幽霊のほうが自分より春夫おじさんのことを知っているかもしれない。そう思った。また、メモが飛んでくる。

『なぜここにいる?』

「おじさんの遺品整理に来たんだけど、よく分かんないけど……そのまま俺が引き継いで部屋借りることになった」

　また、しばらくの間があいた。成仏したのかな……と思ったが、また、メモが投げ込まれた。

『おまえの名前は？』

　白い紙にはそう書いてあった。

　薄れていた恐怖が戻ってきた。たしか、幽霊や化け物に名前を聞かれたら決して答えてはいけない、みたいな話を聞いたことがある。怖い話が嫌いだからこそ、一度耳にしたそういう情報はいつまでも覚えていてしまうのだ。

「ひ、人に名前を訊《き》くならそっちから名乗れよ」

　とっさにそう言うと、また丸めた紙がやってきた。

『名前はない』

「ないわけないだろ。ど、どこの誰か知らないけどな、ここは今俺が家賃払って住んでるんだ。居座るなら家賃出せ！」

　そうだ。家賃だ。こいつは、必死に働いて払っている家賃にただ乗りしている。幽霊だろうがなんだろうが、それは許せない。そう思うと、胸に怒りのパワーが湧いてきた。

「家賃払えないならどっかいけ！」

　そう叫ぶと、部屋はふたたび、しん、とした無音に包まれた。

しばらくすると、ぺた、ぺた、という足音が聞こえてきた。身構えたが、それはこっちに来るのではなく、ゆっくりと離れていく。

やがて、ドアが開く音と、閉まる音が聞こえた。

「……出てった？」

ごくりと唾を飲み込み、よろけながらベッドから這い出た。

部屋のどこにも、誰もいなかった。

でも、床の隅っこに、古びたノートとボールペンが転がっている。

しっかりと鍵をかけ、ついでにそのへんにあった段ボール箱をドア前にいくつか積み重ね、バリケードを作った。

ほーっと息を吐いて、ソファの上にどすんと腰をおろす。

幽霊も、家賃には勝てないのだ。

そう思うと、無性におかしくなった。

もし次にまた出てきたら、逆にふんづかまえて今までの未払い家賃を払わせてやる。

ほっとすると同時に、どっと疲れが溢《あふ》れてきた。そのままソファに倒れ込むと、もう一歩も動きたくなくて、そのまま目を閉じた。


最悪だ。

その言葉だけが、大夢の頭の中をぐるぐると回っていた。

今日は蒸し暑いくらいの日だが、マスクをし、長袖のシャツを着て、さらにみっともないけど首にタオルをマフラーみたいに巻いて、ふらふらと電車の中で立っている。首元から背中にかけて皮膚がやたらとぞわぞわして、風が当たると辛いのだ。タオルで襟元の隙間をふさぐと、それが少し楽になった。

両手でポールをしっかり摑《つか》んでいないと、しんどくてしゃがみこんでしまいそうだ。

きのう、あのままソファの上でタオルケットすら掛けずに寝入ってしまった大夢の風邪は、次の朝になっても回復しなかった。

仕事を休みたい。当然、そう思った。

でも、休めばそれだけ収入が減る。

コールセンターの仕事は、派遣の中でも時給がいい。一日休んだことで失うお金も大きい。空調の利いた室内で座ってできる仕事だ。多少具合が悪くてもやれる。ライン工や野外の設営なんかの仕事をしているときじゃなくてよかった。大丈夫だ。がんばれ。気合入れろ。

自分にそう言い聞かせながら、混雑する朝の通勤電車に揺られた。

会社に行く前に、いつもコンビニに寄って飲み物を買う。喋《しゃべ》り通しになることもある仕事なので、ペットボトル一本までなら持ち込みが許されている。

大夢はいつも一番安い、コンビニのプライベートブランドの麦茶を買っていた。麦茶はほかのドリンクより量も多い。でも今日ばかりは、スポーツドリンクが欲しかった。

『BOOKS小石』の小石川が勝手に置いていったドリンクやゼリーは、起きてから朝食代わりに全部飲み干してしまった。しゃくだが、正直ありがたかった。ドリンクの糖分と塩分が全身に染み渡るようで、もっと欲しいと思った。

というか、昨日からろくに食べていないから、飲み物ででもカロリーを摂らないと、いくらデスクワークとはいえ、たぶん午前いっぱいももたない。

スポーツドリンクは、麦茶のほぼ倍の値段がする。

病気になるのって金がかかるな、とマスクの中でため息をついた。

コールセンターでの仕事は、個人情報を扱うからという理由で、センター内にスマホを持ち込むことが禁止されている。他にも飲み物は蓋の閉まるボトルを一本まで、食べ物はのど飴《あめ》やガムも禁止などのルールがある。

派遣社員には個別に小さなロッカーが与えられ、上着や私物は全部そこに入れ、支給される中身が丸見えの透明のビニール手提げに貴重品と仕事に必要な物だけを入れて、席まで持っていく。

大夢は最初、この透明のバッグを使うことに抵抗があった。

財布と家の鍵とティッシュくらいで、たいした物は入れない。でも、年齢も服装もばらばらな派遣社員たちが、おそろいの透明バッグで私物を丸見えにさせているのはとても不気味な光景に見えた。

しかも、正社員はみな普通のバッグにスマホやお菓子を入れて持ち込み、同じフロアで働いているのだ。

休憩する場所も、使っていいエレベーターも、派遣と正社員では分かれている。派遣の休憩所はただテーブルと椅子が置いてあるだけの空間だが、正社員用のそれはウォーターサーバーや無料のコーヒーが飲めるようになっているらしい。

大夢は今まで、日雇いも含めるといろんな現場で働いてきたが、時給が高い、いわゆるホワイトカラーの職場になるほど、正社員との待遇と差をつけられているのを知った。設営や倉庫作業やライン工の現場なんかは、仕事はきついが待遇は平等だった。

「マスク、通話中は外してね」

ぽん、と突然肩を叩かれて、はっとした。

いつの間にか音も気配もなく、上司の中島がすぐ近くに立っていた。今日も相変わらず、一筋の乱れもないビシッとしたスーツと髪形だ。首から下げている社員証もいつもぴかぴかで、自分とはぜんぜん違う生き物にすら見える。

「風邪？　具合悪いの？」

「あ、いえ、大丈夫です」

とっさにそう答えた。ぜんぜん大丈夫ではないが、具合が悪いなんて素直に言ったら、帰れと言われてしまうのではないかと不安になったからだ。

　大夢は嘘が好きではない。でも、嘘をつかないと生きてはいけない。

　クレーム対応はきついが、基本的に顧客からかかってくる電話を待つ仕事なので、勤務時間中、途切れずに電話をかけまくり、ひたすらに喋り続けるセールス部門の仕事よりは、身体は楽だ。それだけが今はありがたい。

「南くん、風邪?」

　隣の席の西沢《にしざわ》さんが声をかけてきた。五十代なかばくらいの眼鏡の女性で、三人もいる息子が手を離れたからと、ことスーパーのレジ打ちを掛け持ちでパートしていると、前に聞いた。

「や、大丈夫です、大したことないんで」

「顔色悪いわよお。早退したら?」

「や、大丈夫です」

　冗談じゃない。せっかく苦労して出社したのに、早退なんかしたら意味がなくなる。

「今日はあたしがなるべく電話取るからさ、無理しちゃだめだよ」

　もう喋るのもだるくて、ぺこっと会釈する。

　西沢さんは、クレーム対応チーム内では少数派の女性オペレーターだ。どんなに怒鳴られても理不尽なことを言われても、「んまー、そうなんですかあ」とのんびりした、いかにも〝おばちゃん〟な声色で受け流してしまうので、クレーマーもいつの間にか勢いを削《そ》がれてしまうというスキルを持っているのだ。

「南くんって、引っ越したばっかりなんだっけ？　一人暮らしでしょ？　偉いねえ。うちの上二人なんか就職してもずーっと出てかないのよ。でかいし邪魔だし洗濯物は減らないし、まいるわー」

西沢さんは話し好きだ。こっちがとくに反応しなくても、勝手にどんどん喋る。だから大夢は、興味もない西沢さんの家族や生活について、妙に詳しくなってしまっている。

「でも、ちっちゃいころは毎晩オバケが怖いって泣いてた子がもうアラサーよ。時間が経《た》つのって、ほんっと早いわー」

オバケ、という言葉に、つい反応してしまった。

「あの、西沢さんって、オバケって信じますか」

「えー？　どうかしらねえ。ほんとに居たら、ちょっと面白いかなとは思うけど。なあに、南くんは信じてる派？」

「信じてる……というか、信じたくないというか」

「あたし、おっかなくないオバケだったら、見てみたいかも」

西沢さんは、インカムのコードを指でぐるぐるといじりながら呟《つぶや》く。

「俺は、絶対に見たくないです」

すでに見てしまっているかもしれない、ということはいったんおいておく。

「幽霊でもいいから会いたい人って、いない？」

首を横に振る。いない。おそらく。

「あたしはねー、幽霊、いたらいいのにと思ってたことあるのよ。すごい若いときに、事故で両親が揃って死んじゃってさ。化けて出てきてもいいから会いたいって、ずっと考えてて」

突然、びっくりするような話が出てきて、思わず西沢さんの顔をまじまじと見た。

「その日の朝まで普通に一緒に朝ご飯食べてたような人たちがさ、一瞬でいなくなっちゃうのよ。悲しいとかよりも先に信じられなかったのね、まず。だんだん、じわじわ、実感湧いてくるんだけど、そうなるともうねえ、悲しくて悲しくて」

飼い猫のことやお総菜のことを話すのとまるで同じ調子で、西沢さんは話を続ける。

「初めてのお盆のとき、おじいちゃんちで精霊馬《しょうりょううま》作ったんだけど……若い人は知ってるかな。茄子《なす》とかきゅうりに割り箸とかで足生やして、ご先祖さまの乗り物にしてお供えするやつ」

頷《うなず》く。実家では見たことはないが、そういうものがあることは知識として知っていた。

「なんかそれ作ってるとき、腹が立ってねえ。こんな茄子やきゅうりで戻ってくるなら、もっと普段から戻って来いよって思っちゃって」

あはは、と声を出して笑う西沢さんを、上司の中島がデスクの向こうからジロッと鋭く睨《にら》んだのを、大夢だけ気づく。

「だから、最初は幽霊にいてほしかったのよ。どんなんでもいいからもう一度会いたくて。でも、だんだん年月経つとねえ、幽霊なんて実在してほしくないって思うように変わってきたわ。だって、結局、一度も夢枕にすら立ってくれないんだもの。もし幽霊がこの世にいるんなら、両親は会いに来れるのに会いに来てないってことになっちゃう。それはあんまりにも、さびしいでしょ」

西沢さんはそう言うと、ニカッと笑った。

終業は午後六時ぴったり。派遣の数少ないいいところは、残業がないことだ。仮にあっても、残業代はちゃんと出る。

大夢はなんとか最後まで、デスクに着いていることができた。

一回、ひたすら長時間ねちねちとこちらをいじめてくる顧客に当たってしまったが、頭がぼんやりしているおかげで、うまいこと平常心で聞き流せた。

性質の悪いクレーマーの大半は中高年の男だが、女ももちろんいる。その場合、対応しているのが若い男だと分かると、余計ヒートアップしたりねちっこくなるという、嫌なパターンがある。男女を逆にした場合とまったく同じだ。そういうときは、西沢さんの出番になる。

休憩所では、女性オペレーターたちが常に「嫌なジジイ客」の話をしている。毎日、毎日していても新ネタが途切れないくらい、そういう輩《やから》が多いのだ。

ひどい顧客に当たった日は、大夢もその場に交ざりたくなるが、「嫌なババア客」の話だと交ぜてもらえなそうだな、となんとなく思う。

コールセンターで働いていると、どんどん人間が嫌いになる。

とっくに空になったペットボトルをロッカー室のゴミ箱に捨てて、大夢は帰り支度を始めた。

「南くん、南くん」

ふいに呼び止められて振り向くと、帰り支度を終えた西沢さんが立っていた。

「これ、あげる。まだ封開けてないやつだから」

手渡されたのは、コンビニとかでよく売っている小さな袋入りののど飴だった。

「ありがとうございます……」

「今日はもうまっすぐ帰って早く寝なね？　近くに面倒見てくれる人とか、いるの？」

一瞬、小石川のメモが頭をよぎったが、慌てて首を横に振った。

「あらまー、心配だわあ」

「や、大丈夫です……」

「やばかったらすぐ救急車呼ぶのよ。男の子はガマンしちゃうから」

曖昧に頷きながら、大夢の頭には、直接見たことがないはずの、部屋から出ようとしたところで倒れた春夫おじさんの姿が浮かんでいた。

ふらふらした足取りでまた電車に揺られ、なんとかメゾン・ド・ミルまで帰り着く。四階の廊下はまだいくつか〝営業〟している部屋がある。

めんどうなことに、向かいの『BOOKS小石』も、まだやっていた。

小石川に見つかりたくなくて、そうっと抜き足差し足で廊下を歩き、自分の部屋の前まで辿《たど》り着くと、急いで鍵を開けて後ろを見ないでドアを閉めた。

「ふう……」

たぶん、見つからなかった。胸を撫《な》でおろす。

小石川と顔を合わせたら、またいろいろ話しかけられるのは間違いないし、あの、勝手にドアノブにひっ掛けていった〝差し入れ〟について、何か言及しないといけなくなる。

ソファに腰をおろして、呻《うめ》いた。

分かってる。ちゃんとお礼を言わないといけないのは。勝手に押し付けられたとはいえ、人として、ありがとうくらいは言わないとだめだ。全部、食っちゃったし。

それでもやっぱり、小石川のことは、まだ無意味に気に食わなかった。差し入れだって、本当はありがたいと思うべきなんだろうけど、どうしてもムカついてしまう。

(俺、こんなに性格悪かったかな)

都会での生活が心を歪めてしまったのかもしれない。そう思ったが、地元に残っていたら、もっと歪んでいた可能性しか考えつかない。

とにかく、調子はまだまだ悪い。具なしの袋ラーメンでもなんでもいいから温かいものを食べて、今日もさっさと寝てしまおう。

そう思ってキッチンの方へ向かうと、その隅の床に、いた。

「ひえっ……！」

縛って積んである古新聞を椅子にして、座っていた。幽霊が。

「お、お、お前……！」

足がすくんだ。幽霊はやはり髪の毛を顔の前にだらりと垂らして、自分の膝を抱えてじっと座っている。

そして、驚きのあまり逃げることもできずにいる大夢の目の前で、すうっと片手をあげ、部屋のある方向を、指さした。

幽霊の指さす先には、プラスチックの収納ケースがあった。

どこでも売っているような、五段の引き出し式のやつだ。外側からも中にそれぞれ何かがみっちり詰まっているのが分かる。

幽霊は無言で、それを指し示し続けている。

「な、なんだよ。あれが何だっていうんだよ」

虚勢を張ってすごんでみたが、幽霊は動じず、ただ引き出しを指さすだけ。

（あそこに何かあるのか……？）

幽霊に背中を見せないようにカニ歩きをしながら、じりじりと収納ケースまで近づいていく。

一番上を開けると、中には大小さまざまな大きさの、未使用の封筒と切手が少し入っていた。

幽霊の方を見ると、ゆっくり頭を横に振っている。これのことではないらしい。

その下の段を開けると、今度は大量のボールペンやマジックペンが出てきた。普通の黒いやつ、赤いやつ、三色ペンなどとにかく沢山。修正ペンもある。物差しやコンパスの文具類も。

やはり、幽霊は頭を横に振った。

その下にはセロテープや両面テープやガムテープ、その下には各種乾電池と電源タップが入っていた。これも違うらしい。

最後の引き出しを開けると、中には薬が入っていた。

市販の胃腸薬、ばんそうこう、頭痛薬、マルチビタミンのサプリ。そして、オレンジ色の箱に入った顆粒の葛根湯《かっこんとう》。

幽霊は、ゆっくり頷いた。

大夢は葛根湯の箱をそっと取り出して、まじまじと見た。一応、使用期限は過ぎていない。

「これを、飲めってこと?」

幽霊はまた頷く。

たぶん、春夫おじさんの私物だろう。枕元に置いてあった処方薬は全部処分したが、引き出しにはほかにも目薬や軟膏などが放り込んであった。

「……葛根湯って、風邪のひき始めに飲まないと効かない、って聞いたことあるけど」

そう言うと、幽霊は大夢の方をしばらくじっと見た(目は見えないが、たぶん)あと、ふい

第四章　幽霊の手紙

っと横を向いてしまった。

なんだこいつ。

幽霊はふたたび自分の膝を抱えてうずくまると、そのまま動かなくなってしまった。

「……ここに居座るつもりなのか？」

少しだけその存在が怖くなくなり、思い切ってそう声をかける。

「春夫おじさんとは仲良くやってたみたいだけど、もうあの人はいないんだ。俺は、幽霊と同居するなんていやだからな」

すると、幽霊はごそごそと動き出し、足元からノートとボールペンを拾って何か書き始めた。

『この部屋にいなくてはいけない』

そう書かれたノートを、こっちに広げて見せてくる。

「それは俺も同じ。他に行くとこないんだ。幽霊なら金が無くても引っ越せるだろ」

『ここから動けない』

幽霊は筆談を続ける。

「地縛霊ってやつ……？」

『ここから動いてはいけなかった』

「……どういう意味？」

『もうここを動かない』

「だから、それは困るんだって！」

『動いたら、またひどいことが起こる』

ノートの見開きいっぱいにそう書かれた文字に、大夢の心臓はどきっとはねた。

「ひ、ひどいことって、なんだよ」

幽霊はゆっくりした仕草でノートを膝に載せると、左手でボールペンを持ったまま、長い間じっとしていた。

自分が唾を飲み込むごくりという音だけが聞こえる。真っ黒い髪の向こうにあるはずの幽霊の顔が、どんな表情をしているのか想像して、また怖くなってきた。

『わたしがここにいないとき、決まってひどいことが起こる』

幽霊は一文字ずつ、刻み付けるようにゆっくりと書き始めた。

『とても昔に一度。そしてまた一度』

どういう意味だ？　一生懸命、幽霊の言葉を読み取ろうとする。

また、ノートが掲げられた。

『わたしがここにいないとき、誰かが死ぬ』

「な……なんだって？」

上ずった声でそう言うと、幽霊は指でとんとんとノートに書いたその文字を、強調するように指し示した。

『わたしがここにいないとき、誰かが死ぬ』

「でたらめだ、俺は死んでないぞ」

幽霊は再びノートに何か書きつける。

『まだ死んでない』

「縁起でもないこと言うな！」

幽霊にそんなこと言っても無駄かもしれない、と一瞬思ったが、そう叫んでいた。

『おまえがハルオを知ってるのなら　ハルオがおまえを知ってたのなら』

幽霊はさらさらとボールペンを走らせる。

『おまえを死なせたくない』

俺だってぜんぜん死にたくなんかないよ、と思う。

幽霊の顔は相変わらず見えない。服は白っぽい、というか、薄いグレーのだぼだぼのスウェットみたいなものを着ているようだった。

骨ばった手と、素足の足先だけが見える。薄暗い部屋の中でも浮いて見えるくらい白い手だった。

こいつは足のある幽霊だ。いや、本当に幽霊なのか？　左利きで、ボールペン使って、ノートで筆談する幽霊なんて聞いたことがない。

「だからなんだよ、そのためにこの部屋に居座るつもりじゃないだろうな」

『ずっと　この部屋にいる』

「嫌だ、出てけ」

『おまえが生まれる前から　ここは私の部屋』

「今は俺が借りてるんだ。いるなら家賃払え」

幽霊はぱらぱらっとノートのページをめくると、もう一度、

『おまえを死なせたくない』

の文字を見せた。ご丁寧に指で何度もなぞって。バラエティー番組とかでタレントが「プレゼントのご応募はこちらまで！」と画面下のテロップを指さすあれみたいだ。

『わたしはここを　離れない』

大夢は声にならない唸《うな》り声を出した。幽霊は離れないという。大夢もこの部屋のほかに寝泊まりする場所は無い。警察呼ぶか？　でも、もしこいつが本当に幽霊だったら、いい笑いものだ……。

幽霊はそれきりノートを閉じ、古新聞の上でまた黙ってじっと座っているだけの存在になってしまった。何度呼び掛けても、出ていけと言っても、何も反応しない。

そのうち疲れてきて、だんだんばかばかしい気持ちになってきた。

「勝手にしろ」

そう言い捨てると、動かない幽霊の脇を通ってキッチンに向かう。

俺は腹が減ってるんだ。だから飯を作って食う。幽霊ごときに、生きてる人間の営みを邪魔されてたまるか。

小さい片手鍋に水道の水を入れる。そこに春夫おじさんの〝遺品〟の袋ラーメンをどぼんと入れる。水から乾麺を火にかけると、沸騰したあたりでちょうどいい茹《ゆ》で具合になっているのだ。このやり方だとガス代も節約できる。

野菜は、昨日の商店街で押し売りされた茄子を適当に切って入れた。ラーメンは、醬油味だった。茄子と合うのかどうか分からない。

大夢は、ラーメンは味噌派だ。安い袋ラーメンでもハズレが少ないし、味が濃いし、どの野菜や具を入れても合う。次が塩味。醬油は、よっぽどそれだけが安くなっていないと買わない。

冷蔵庫にあった春夫おじさんの調味料は、めんつゆとかポン酢とか醬油で、マヨネーズやソースやケチャップなんかは無かった。和食が好きな人だったのかもしれない。

鍋を火にかける。やはり幽霊は動かない。一人分の量なので、三分くらいで沸騰し始める。卵かウインナーでもあったらよかったのにな。そう思いながら火を止め、粉スープを入れて箸で混ぜる。

近くにすごく小さなテーブルとよくあるパイプの丸椅子があったので、そこに腰かけて、そのへんに積んであった新聞紙を鍋敷きにして鍋を置く。

茄子は煮るとぐんにゃりして、茶色いスープの中に浸かっているその姿は、正直まずそうだった。

でも、湯気が勢いよく立っている。いかにもしょっぱそうな醤油の匂いが顔を直撃してくる。

よし、食うぞ。箸を構える。

そのとき、ものすごく大きな、腹の鳴る音がした。

大夢の腹ではなかった。

ぐうぅぅ……という、マンガみたいな分かりやすい腹の虫の音は、確かに、すぐ近くでうずくまっている幽霊の方から聞こえてきた。

思わず箸を止め、そっちを見た。

幽霊は変わらず、膝を抱えて座ったままじっとしている。

沈黙が流れたが、すぐにまた、ぐー、としっかりした音が鳴る。

まさかこいつ、腹が減ってるのか？

空腹で腹が鳴る幽霊なんて聞いたことがない。と思ったが、すぐに春夫おじさんの日誌を思い出した。

あそこには、幽霊にいろいろ食べ物をあげているような記述があった。

目の前の湯気を立てている醤油茄子ラーメンと、腹の鳴っている幽霊を交互に見た。

「……腹減ってんの？」

思わずそう問いかけてしまったが、幽霊はやはり無言でぷいと横を向くだけだ。

勝手にしろ。大夢は自分の腹を満たすことに集中した。

ラーメンを啜《すす》る。茄子を食べる。油っぽいスープを吸った茄子は、見た目よりずっと美味《うま》かった。熱い食べ物が胃に入ると、だんだん気力と体力が戻ってくる気がした。夢中で食べ続ける。

しかしまたしても、大きな腹の鳴る音が聞こえた。

「……」

鍋の中には、もう一口ぶんくらいしかラーメンは残っていない。そして、大夢の腹は、まだ満たされていなかった。

「…………」

しばしじっと鍋の中を見つめたあと、それを一気にかっこんで平らげた。そしてすぐに空の鍋と箸を持ってシンクに向かい、洗い、また水を入れた。

袋ラーメンは最後の一個だった。また茄子を切り、火にかける。煮えたらスープを入れる。

棚を探すと、いくつか食器があった。小さめのどんぶりがあったので、さっと洗って、新しく出来上がった醤油茄子ラーメンを三分の一くらい、そこに取り分ける。

そのへんにあった袋入りの割り箸を添えて、幽霊の目の前にどんぶりを無言で突き出した。

幽霊が、顔を上げた。

(俺は何をやってるんだ)

大夢は自問した。でも、隣で腹を鳴らしている奴がいるのに平気でラーメンを啜れるほど図太い神経をしていないのは、自分が一番よく分かっている。

幽霊の長い髪はよく見るとべったりと脂じみていて、多少顔を上げたくらいでは、その分厚いカーテンみたいな黒髪は動かなかった。

のろのろと腕を上げ、とんでもなくゆっくりと時間をかけて、幽霊はどんぶりを受け取った。そして見ていてはらはらするような不器用な仕草で、箸を持ち、垂れ下がる髪の向こうにどんぶりをひっこめると、ズルズルと音を立てて啜り出した。

その異様な光景に、つい後ずさった。

（食ってる……）

間違いなく、ラーメンを食べている。春夫おじさんの日誌にあった通り、こいつは飲食をする。

大夢は、すん、と鼻を鳴らした。風邪をひいているので嗅覚がはっきりしないが、ちょっとすえたような臭いがする気がする。あの陰気なシェアハウスでもたまに嗅いだ、長期間風呂に入っていない人間の臭いだ。

（こいつやっぱり、ただの不法侵入者なのでは？）

通報、という言葉が浮かんだ。

むかしテレビで見た映画で、無敵に見えたモンスターと戦う主人公が、「血が出るならば殺せるはずだ」というセリフを言っていたのを思い出した。

本物の幽霊なら警察に通報してもしょうがないが、足があって飯を食って髪が臭い奴なら、人間なのではないだろうか。ならば、即座にしょっぴいてもらえば万事解決するのでは？

あっという間にラーメンを食べ終えた幽霊が、どんぶりを床に置いた。そして傍らにあったノートを広げ、何か書き始める。

『足りない』

「おい、ふざけんなよ」

『もっと食いたい　ナスはいらない』

「何様のつもりだ。残りは俺の！　もういいだろ、いい加減出てけよ。あんたただの不法侵入者だろ。今すぐ警察呼んでもいいんだからな」

『ムダなこと』

「ほんとに呼ぶからな！」

大夢はポケットからスマホを取り出した。

その時、ドンドンドン！　とドアを強く叩くやかましい音がした。

「他人屋さーん！　やってます？」

知らない人の声だった。スマホを片手に持ったまま、ドアの方と幽霊を交互に見たが、声もドアを叩く音も止まらないので、諦めてそっちに向かった。

「あ！　よかった、いた！　……あれ？　誰？」

ドアを開けると、そこには大きな犬のイラストが描かれた派手なトレーナーを着た、知らない中年の女の人が立っていた。

「いつもの他人屋さんは？」

「……死にました」

「えっ！」

女の人が目を丸くして叫ぶ。

「じゃ誰が仕事引き受けてくれるの？　あなた？」

嫌な予感がした。またこのパターンだ。

いいえ自分は関係ないです、と言おうとする前に、ぐっと腕を摑まれた。

「緊急なのよ！　二代目でもなんでもいいからすぐ来てちょうだい！」

「い、いや俺は」

「こっちこっち！」

うむを言わせぬ力でぐいぐい引っ張られ、引きずられるように部屋から出た。

エレベーターではなく階段で、一つ上の五階に連れていかれる。そこも、やはり四階ほどではないがいくつか看板の出ている部屋がある。

突き当たりの部屋に着くと、女の人が勢いよくドアを開けた。

「お姉ちゃん！　他人屋さん来たわよ！」

中を覗《のぞ》き込んで、ぎょっとした。ここの間取りは玄関すぐ横に風呂場やトイレがあるらしく、その引き戸が開きっぱなしになっていて、そこから、床に倒れた人の足が見えていたのだった。

「りっちゃん……さむい……」

見えない上半身から、かすれた声が聞こえた。

「な、なんなんですか、これ」

ひきつった声で言うと、「りっちゃん」と呼ばれた女の人がくるっと振り返った。

「見りゃ分かるでしょ！　ぎっくり腰よ！」

分かるかよ、と言い返した。心の中で。

「りっちゃん……やばい……お腹がメチャクチャ冷えてきた……」

上半身を風呂場、下半身を廊下に突き出してうつ伏せに倒れている人物は、弱々しい声でそう訴えた。

「お姉ちゃん、いま他人屋さん連れてきたから！　すぐに起こしたげるからね！」

大夢をここまで強引に連れてきた〝りっちゃん〟が必死な様子で呼びかける。

「だめ、だめ、りっちゃん以外は来ないで……」

「なんでよっ」

「だって、いま、全裸だもん……」

廊下に出ているのは膝から下の素足だ。まさか、そこから上も全部、素なのか？

「そんなこと言ったってしょうがないでしょ、このまま風呂場の床に寝てたら病気になるよ！」

「うう……せめてパンツだけでも穿《は》かせてくれぇ……頼むわりっちゃん……」

「んもー！　しょうがないなー！」

りっちゃんは大夢の方をくるっと振り向くと、「ちょっと待っててね！」と叫んで、どたどたと部屋の奥に入っていった。

その場に取り残された大夢は、どうすればいいか分からず、ただ廊下にどでんと横たわる足を見ていた。

それは大夢の太ももより太そうな、実に立派なふくらはぎで、〝お姉ちゃん〟は、かなり大柄な人物らしいのが見てとれる。

ぎっくり腰。大夢は経験したことはないが、日雇いでライン工をしたときに、そこの社員のおっちゃんたちが自慢話のようにどれだけ痛かったか披露しあい、盛り上がっていたのを覚えている。

その時は、槍で突かれたようだとか、感電したみたいだとか、恐ろしい体験談がどんどん聞こえてきた。自分は絶対になりたくないと思ったものだ。

「あの……大丈夫、ですか」

倒れている〝お姉ちゃん〟に声をかけた。

「他人屋さん……？　声、ちがくない……？」

「いや、なんていうか、勘違いで連れてこられてしまった者なんですが」

「なんだそりゃ……どういうこと……？」

それはこっちの台詞だ、と思う。

「お姉ちゃん！　はい！　パンツ持ってきたよ！」

りっちゃんが、再びどたどたと戻ってきた。

「お姉ちゃんほら、パンツ！　さっさと穿いて！」

「無理……自分じゃ穿けんわ……」

どうやらぎっくり腰になって風呂場で倒れてしまったらしい〝お姉ちゃん〟は、下着らしき布を持って戻ってきたりっちゃんに、息も絶え絶えという雰囲気で訴えかけている。

「じゃ、どうすんのよ」

「穿かせてくれぇ……」

「あーもう、世話の焼ける！」

りっちゃんは、まるで大夢などその場にいないかのごとく大胆に巨大な下着を広げると、〝お姉ちゃん〟の両足にそれをずぼっと通し、力任せに引っ張り上げた。

「よいしょー！　あー、腰上げないとちゃんと穿けないよこれ！」

「無理だよ～その腰がやられてんだよ～……」

一体自分は何を見せられているんだ。大夢はぼーっと玄関先に突っ立ったまま、シュールなコントのような二人の奮闘を、ただ見守ることしかできない。

このまま帰っちゃってもいいかな、と一瞬思ったが、りっちゃん一人では〝お姉ちゃん〟を抱え起こすことは、確かに無理そうに見える。

「よしっ！　八割は穿けた！　いいことにしよっ」

ぱん、と両手を合わせてりっちゃんが立ち上がった。そしてどこからか大量のバスタオルを持ってきて、〝お姉ちゃん〟の上にばさばさと掛けた。

「他人屋さん、出番出番！」

りっちゃんが勢いよく手招きする。大夢はしぶしぶ靴を脱いで部屋に上がった。

おそるおそる引き戸の向こうを覗き込むと、〝お姉ちゃん〟の身体は、狭い脱衣所にはまりこむように倒れていた。でかい。身長も、大夢より大きいかもしれない。これは一人では支えられないだろうし、二人でも……無理かもしれない。

「うーん、まずはどうしようか。とにかくここじゃ風邪ひいちゃうから、布団に寝かせたいのよね。ちょっと、そっちの腕持ってくれる？」

大夢はりっちゃんと一緒に、隙間に身体をねじこむように脱衣所に入り、バスタオルの山からわずかに見えている肩をおそるおそる掴んだ。

「お姉ちゃん、上半身持ちあげるからね！　せーの、よいしょー！」

「いでーーーっ！」

耳をつんざくような絶叫が、狭い脱衣所の中に鳴り響いた。

「いだだだだだ！　ストップ！　ストップ！」

〃お姉ちゃん〃の手が、プロレスのタップのように床をバンバンと叩く。

「無理！　上半身起こすと全体重が腰にかかる！」

脱衣所の中にみっちり詰まったまま、大夢はりっちゃんと目を見合わせた。

「じゃあ、どうしよう。うつ伏せにしたまま、ずるずる〜っと布団まで引っ張ってく？」

りっちゃんが足から引っ張り、大夢が頭の方を押すことにしたが、今度は逆にりっちゃんが「ぎっくり腰になりそう！」と叫んだので、この方法もあえなく中止になった。

「前の他人屋さんは力持ちだったのになー」

「すいません……」

反射的に謝ってしまったが、なんで俺が謝らなきゃいけないんだ、と思った。

「りっちゃん、ごめんね……あたしが無駄にでかいばっかりに……」

バスタオルの山の下で、もじゃもじゃした髪の毛と手足の先だけ出ている〃お姉ちゃん〃が、ひどく悲しそうな声でそう言った。

「今そんなこと言ってもしょうがないでしょ！　弱気になるな！　絶対助けてあげるからっ」

「でもお……二人がかりで動かせないんじゃ、もう無理なんじゃないのお……」

大夢は、腕組みをしてうーんと唸るりっちゃんに向かって、おずおずと挙手をした。

「あの、もうこうなったら、救急車呼んだほうがいいんじゃないですか」

救急隊員だったら、確実にこの状況をなんとかしてくれるはずだ。というか、最初から救急車呼べばよかったんじゃないか？

しかし、りっちゃんは腕組みをしたまま、無言でぎろっと大夢を睨んだ。

「……それは、だめ」

「な、なんでですか」

「救急車は、最後の、最後の、最後の手段。うちらはそう決めてるの」

りっちゃんは、険しい顔できっぱりと言った。

「でも、悪いけど、俺の力じゃこれ以上、動かせそうにないです」

床に横たわったままの〝お姉ちゃん〟をちらっと見て、もごもごと言った。

元から、力仕事にはぜんぜん自信がない。デスクワーク派遣をするために何度も面接を受け努力したのも、工場や仕分け系の仕事では、体力と筋力がもたないと感じたからだ。

「何かいいアイデアない？　他人屋さんなんだから」

「いや、違うんですけど……」

全裸（パンツは八割穿いているらしいが）で倒れてしまった大柄な人を、部屋の奥にあるらしい布団まで運ぶ。当たり前だが、そんな経験今までしたことがないし、考えたこともない。

起き上がれないのなら、やっぱり少しずつでもこのまま引っ張っていくしかない。でもそれには、もっと腕力があって足腰が丈夫な助っ人が必要だ。

「あ」

「なに、なんか思いついた？」

「思いついたというか……」

自分の頭に湧いてきたアイデアに、自分で舌打ちしそうになった。嫌だ。それを選択したくない。

「りっちゃん……喉かわいた……腹減った……」

しかし、もうずっと床に倒れたままの〝お姉ちゃん〟の声は、どんどんか細くなっていく。

「──ちょっと、待っててください。すぐ戻ってくるんで！」

そう言うと、りっちゃん宅から飛び出し、急いで階段を下りた。

四階の廊下、大夢の部屋の向かいで、まさにちょうど、小石川が『ＢＯＯＫＳ小石』の看板を片付けようとしているのが見えた。

「あっ、南さん。帰ってたんですね。体調、大丈夫ですか？」

いつもの派手なエプロン姿で、小石川が話しかけてくる。細身だがかなり背が高いし、こいつならそれなりに力もありそうだ、と大夢は判断した。

「ちょっと、手貸してほしいんだけど」

こいつに頼み事するの、すごく嫌だ。でも、自分のことじゃないから、まだマシ。そう言い聞かせた。

「ぎっくり腰、ですか」

五階のりっちゃん宅にやってきた小石川は、廊下に突き出た〝お姉ちゃん〟の生足に驚いて悲鳴をあげたあと、経緯を説明されて、ほっとした様子で胸を撫でおろした。

「足引っ張って引きずって、布団のある部屋まで連れていこうと思ったんだけど、あたしと他人屋のお兄ちゃんじゃ力負けしちゃってさ」

りっちゃんがそう言うと、小石川は手のひらを左右に振った。

「裸で廊下を引きずったりしたら、怪我しちゃいますよ。危ないです。腰に負担もかかりそうですし」

「じゃ、どうすればいいのよ」

「うーん……。ちょっと、いいですか」

小石川が長い身体を折り曲げるようにして、バスタオルを被せられうつ伏せている〝お姉ちゃん〟に声をかける。

「あの、横向きに寝がえりうつことって、できそうですか？」

「無理かも……」

「そんなに痛むんですか」

「いや……ほぼ全裸だから……」

「な、なるほど」

りっちゃんがまた、ぱんっと手を叩く。

「なら、掛け布団持ってくるわ。それなら下で動いても大丈夫でしょ、たぶん」

花柄の掛け布団が〝お姉ちゃん〟の全身を覆い隠し、脱衣所の中の光景は、ますますシュールになった。

「前に僕のお祖父《じい》ちゃんがぎっくり腰やったとき、一度横向きになって膝を曲げて、それから四つん這いで起き上がって移動してたんです。それだと腰への負担がかなり抑えられるらしくて。肩と頭を支えますから、まずは頑張って横向きになってみてください」

小石川は花柄の小山のようになっている〝お姉ちゃん〟の傍らにしゃがみこんで、布団の上から頭らしき部分と肩らしき部分に手を回した。

「せーので肩をこっちにゆっくり引っ張りますよ、いいですね」

小石川の、せーの！　の合図と共に、布団の下で〝お姉ちゃん〟が、ゆっくりと動き出した。なんだか映画でゴジラとか巨大ロボットが動き出す瞬間みたいだ。その場が、奇妙な高揚感に包まれた。

小石川の助けを借りて、〝お姉ちゃん〟は花柄の布団を被ったまま、四つん這いの姿勢になることに成功した。

「よし！　あとはゆっくり慎重にお布団まで進むだけですよ！」

小石川が快哉をあげる。

のそ、のそ、とついに脱衣所から脱出し移動を始めたその姿は、昔テレビの動物番組で見た大きなリクガメに似ている。

「ぐぎぎ……痛い……怖い……ちょっとでもバランス崩したら大変なことになりそう……」

〝お姉ちゃん〟がうめきながら歩を進めるたびに、傍らでりっちゃんが拳を握って「がんばれ！　もうちょっと！　いけ！」と応援している。

もうできることが何もなくなった大夢は、その光景を、やはりぼんやりと突っ立って見ているしかなかった。なんでこんなことに巻き込まれているんだ。結局、何の役にも立たなかったし。

「布団暑い……アイス食べたい……」

しんどそうだがぼやくのを止めない〝お姉ちゃん〟に合わせて、二人はその両側から声援を送っている。

「あとで持ってくるから！　ほらもうちょっと、がんばれがんばれ！」

「気を付けてくださいね。あっ、そこの電気コード、引っかかっちゃいますよ！」

ずるずると移動する巨大な花柄の布団を、スポーツ観戦みたいに熱心に応援するりっちゃんと小石川の背中を見ていたら、その光景のあまりのシュールさに、声を出して笑いそうになってしまった。

「よし、布団についたよお姉ちゃん！」

「寝るときは仰向けですよ、うつ伏せに寝ちゃだめですからね」

そしてとうとう、部屋の奥に敷いてある布団に〝お姉ちゃん〟が到達し、掛け布団ごと、そ
こに横たわることに成功した。

「やったー！　お疲れお姉ちゃん！」

「疲れた……ほんとに疲れた……」

慎重に仰向けに寝転び、布団から〝お姉ちゃん〟が顔を出す。りっちゃんと同じ年頃くらい
の人で、暑いのか顔が真っ赤にほてっていた。

「ありがとりっちゃん……他人屋さん、たち……？」

〝お姉ちゃん〟の目が、小石川と大夢を交互に見た。

「いや、俺は他人屋ではなくて」

慌てて〝お姉ちゃん〟の言葉を否定する。

「じゃ……エプロンのお兄さんが他人屋さん……？」

「いえ、僕は下の階の本屋です」

小石川も頭を横に振る。

「りっちゃん……他人屋さん呼んでくるって言ってたじゃない……誰……？　この人ら……」

　りっちゃんは冷蔵庫から出してきたらしいチューブ入りのアイスを〝お姉ちゃん〟に渡しながら、大夢の顔をまじまじと見た。

「そういや、勢いで連れてきちゃったけど、結局おたく、他人屋さんじゃなかったら誰なの？　なんであの部屋に居たのさ」

　大夢はうんざりしながら、事の経緯をかいつまんで説明した。

「はー、甥御さん。あの人に親戚なんていたのねえ」

「伯父とは、親しかったんですか」

「そこまでじゃないけど、たまーに仕事お願いしてたのよ。でっかい組み立て家具買っちゃったときとか。うちお姉ちゃんがそういう作業するのてーんで苦手だから。あたしはいいんだけど」

　布団の中の〝お姉ちゃん〟は無言でアイスを啜っている。

「ご姉妹で暮らしてるんですか」

　小石川がそう言うと、りっちゃんは急に真剣な顔になり、そのバッジだらけの派手なピンクのエプロンをじーっと見つめた。

「……血は繫《つな》がってないのよ。でも、この年頃の女二人で暮らしてると、みんななんでか姉妹って思うらしくて。だからふざけてお姉ちゃんって呼んでたら、定着しちゃっただけ」

変な人たちだ。大夢はただそう思ったが、小石川は、なぜかすごくハッとした表情をしていた。

「そう……だったんですね。失礼しました。僕としたことが、早とちりしちゃいました」

「いいのよ。ここまでくるともう、ほんとに姉妹なんじゃないの？　って気がしてきちゃってるし」

りっちゃんと小石川が、顔を見合わせて、ふふふ、と妙に意味ありげな、ちょっと寂しそうな笑みを浮かべた。

なんだ？　大夢は眉をひそめた。二人の間に突然、長年の友達みたいな親密な空気が生まれている。

〝お姉ちゃん〟は名前をトシコと名乗った。

「いやー、おかげで命拾いしたわ……みんなも腰はだいじにしたほうがいいよ……」

「僕も仕事柄重いものよく持つので、気を付けます」

小石川がそう言う。

「下にちょっと前から新しいお店できてたのは気づいてたけど、本屋さんだったのねえ。前はなんだったっけあそこ、普通の部屋だったっけ」

大夢は改めて、りっちゃんとトシコさんが暮らす部屋を見てみた。部屋の全体的な大きさは同じだが、間仕切りがあるのが違う。床にはじゅうたんが敷いてあって、ちゃぶ台もあり、生活感溢れる普通の部屋という雰囲気だ。

「お二人は、このマンションに住まれて長いんですか」

小石川が尋ねると、りっちゃんは指折り数える。

「もう十年くらいになるかしらねえ。ほら、このマンション、ちょっと変でしょ。審査とかいろいろとユルいっていうか」

大夢は思わず頷いた。そもそも、ここに住むようになったのも、変な大家のアクロバットな提案があったからだ。

「大変だったのよ、ここに落ち着くまで」

りっちゃんが、ふと、遠くを見つめるような顔になった。

「どこの不動産屋でも、親戚じゃない中年女二人の入居って断られてばっかりで。最近はルームシェアとか増えてきたけど、それでも学生同士とか正社員同士じゃないとすーぐ審査ハネられちゃうの。べつになんか悪いことしようってんじゃない、ただ二人で暮らしたいだけなのにね」

引っ越しにまつわる嫌な思いは、大夢にも少し分かった。この世にはまるで、健康な正社員か、親が正社員の学生しかいないみたいな、そんな空気を感じ取った。そんなわけないのに。実際の世界と、書類や法律の中に存在している世界は、まるで別物のようだ。

「分かります」

小石川が、ゆっくりと深く頷いた。

「分かってくれるう？」

「分かります。……すごく」

小石川とりっちゃんは、うんうん頷き合っていた。なんだか、二人にしか分からない合い言葉でしゃべっているみたいだ。

数分後。りっちゃん宅を辞した大夢の手には、新品の五パック入り袋ラーメンと、それぞれじゃがいもとたまねぎの入ったビニール袋がぶら下がっていた。

りっちゃんは『他人屋』の作業代として代金を支払おうとしたが、あまりにも何の役にも立たなかったのでさすがに気が咎《とが》めて、断った。

そうはいかない、いやいらないですの押し問答の末に、余っているという食料をねじ込むように手渡されたのだった。

「面白い人たちでしたね」

階段を下りながら、小石川が話しかけてきた。

「……これ、あんたが貰ったほうがいいんじゃないの。俺、何もできなかったし」

手の中のラーメンを見ながら言う。

「大丈夫ですよ。それにそのラーメン、僕は食べられないですし」

「アレルギーとか？」

「いえ、ヴィーガンなので」

「……ほんとにいるんだ。初めて見た」

ますます気に食わないな、と思った。思ってから、なんでますます気に食わないんだろう、

と、ちょっと考えた。

「しんどくない？　野菜しか食えないの」

「慣れるとそんなことないですよ」

「慣れなきゃだめなんだ。じゃ、無理してんじゃないの、やっぱり」

小石川は小さく笑った。

「多少は。でも、好きでやってる無理だから、それも楽しさのうちですよ」

「よく分かんないな。俺は肉の食えない生活なんて、絶対に嫌だ」

とはいえ、まともな肉なんてもうしばらく食べていない。実家ではお祝いのあるときだけ、牛のすき焼きが夕食に出た。それも年に一回あるかないかだ。

「フルのヴィーガン以外にも、いろんな食事の方法を採用してる人がいますよ。自炊だけ菜食とか、魚は食べていいとか、乳製品はＯＫとか。僕は健康面というより、環境のためにヴィーガンを選んでます」

「めんどくさ。そうやって食事に制限つくこと自体が嫌なんだよ」

やっぱりこいつとは仲良くなれそうにない。改めてそう思う。

「体調は、もう大丈夫なんですか」

四階の自分の部屋の前まで来たときに、小石川が言った。

「今日一日寝れば治ると思う。……あ、そうだ、あれって、いくらだったの」

「あれとは？」

「ドアノブに引っ掛けてった……ゼリーとか食い物とか。払うから、代金」

「そんな、いいんですよ。あれは僕が勝手にやったことですし」

小石川は、困り顔で手のひらを左右に振る。

「そうはいかない。よく知らない相手から、タダで物なんか貰えない」

そう言い返すと、ますます困ったような顔になった。

「よく知らないっていうか……ご近所ですし、小野寺さんにはお世話になりましたし」

「伯父と俺は、別の人間だから」

「それはそうですけど、お金は本当にいらないです。持ちつ持たれつじゃないですか、こういうことって。困ったときはお互いさまですよ」

物腰は柔らかいが、小石川の言葉からは一歩も引かない頑固さが滲《にじ》んでいる。

「お互いさまなんて言われても、こっちはそっちの面倒見るつもりないし、そもそもできない。悪いけど、自分のことでいっぱいいっぱいなんだよ。だから借りを作りたくない」

頭半分くらい高い位置にある目が、じっと大夢を見つめた。

「——分かりました。南さんの考えを尊重します。でも、細かい金額は僕も覚えてないから、代わりにそのじゃがいもをください。それでどうですか?」

指さされたじゃがいも入りのビニール袋を、仕方なく無言で手渡した。

「どうも。——でも、これからも何か困ったことがあったら言ってください」

そうのたまった小石川を、大夢は宇宙人を見るような目で見た。

「なんでそんなに他人に構いたがるわけ?」

「うーん……そうですねえ。僕、おせっかいな人間なんです。たぶん生まれつき」

そう言ってにっこり笑う顔も、宇宙人に見えた。

部屋に戻ると、キッチンのテーブルの上に置いてあった鍋の中のラーメンはきれいにカラになっていた。

「あの野郎、人の夕飯、勝手に食いやがった……」

幽霊が〝野郎〟なのかどうかは分からないが、貴重な食料を奪っていったのは間違いない。どっちにしろ、あのまま置きっぱなしにしていたら、麺がのびてしまって食べられなくなっていたとしても。

部屋の中をきょろきょろ見回すが、幽霊の姿は見当たらなかった。

どっと疲れが戻ってきて、りっちゃんに貰った食料をキッチンの床に雑に置くと、水道の水を飲んで、服を着替えてベッドに向かった。

中途半端とはいえとりあえず食事をしたせいか、体調の悪さはピークを越えた感じがした。あとはもう、何もかも忘れて、何も考えずにしっかり眠ろう。それが一番の薬になるはずだ。

しかし、ベッドに上がろうとしたところで、また、小さな異変に気付いた。

頭の方の床に、今朝までは確かに無かった段ボール箱が置いてある。

「…………」

無視して寝ようと一瞬思ったが、結局、その箱の蓋を開けた。

中には、大学ノートがぎっしりと入っていた。応接間のテーブルに置いてあったのと同じものだ。

一冊を取り出し中をぱらぱら見ると、やはりそれは春夫おじさんの日誌だった。

そのノートを手にしたまま、ベッドにごろりと横になる。

『○月×日／日曜／曇　明日から一週間工事現場　幽霊今日も来ず　念のためメモ置いていく』

『△月□日／火曜／雨のち晴れ　依頼なし　突然テレビ局来る　管理人氏の不在狙った様子強く抗議し追い返す』

（テレビ局……？）

その部分の筆跡は、他のものより少し強く、荒っぽく書かれていた。怒りをこめたように。

もしかすると、ＮＨＫの集金のことだろうか。でもあれをテレビ局が来たとは、ふつう言わないだろう。

（そういえばこの部屋、テレビあったっけ？）

これだけ物がたくさんあるのに、テレビの存在は、影も形もないようだった。

第五章　謎と生活

起きた瞬間、あ、もうこれはなんとかなるな、と思った。

体調万全、ではない。でも、最悪のところは通り過ぎた感じがした。

急いでシャワーを浴びて、仕事に行く支度をする。

出かける直前に、ベッドの横のノート入り段ボール箱が目に留まったが、ひとまず今はそのことを考えるのは、やめにした。

部屋を出てドアに鍵をかける。『他人屋』の看板は、その真ん中で堂々と存在を主張している。

(これがいつまでも張り付いてるから、面倒事が舞い込むんだ)

大夢は看板を摑《つか》んでまた強く引っ張ってみたが、やはり、びくともしない。

よし、これを剝がそう。絶対に。

確か、接着剤を剝がす専用の液体みたいな商品があったはずだ。仕事の帰り道にある大きい百円ショップなら、売っているかもしれない。

春夫おじさんはもういない。他人屋ももう無い。だったら、この看板も外すべきだ。

その決意を胸に、大夢はその場を離れた。

いつも通りに仕事をこなし、定時で退勤し百円ショップに寄る。工具コーナーで無事「接着剤はがし液」を見つけたので、買って帰った。帰宅途中にスーパーで食料も少し買う。

あの看板さえ無くなれば、静かな生活になるはずだ。もしかすると、幽霊も出なくなるかもしれない。根拠のない、希望的観測だけど。

帰宅し、ドアの前に立ち、さっそく買ってきたはがし液を看板とドアの隙間に垂らしてみる。

「しばらく待ってからゆっくり引っ張る……で、いいのかな」

頑固な看板のへりに手を掛けて、ぐっと引く。が、まだびくともしない。

やっぱり百円のじゃ効果も弱いのか？　大夢はまだ残っているはがし液をさらに隙間に垂らそうとした。

「おい」

そのとき、突然背後から、鋭い声が飛んできた。

「何をしとる。何のつもりだ」

びっくりして振り向くと、そこには、眉をぎりっと吊り上げ恐ろしい顔をした青シャツの管理人が、仁王立ちになっていた。

管理人は腰の鍵束をじゃらつかせながら、ゆっくりと近づいてきた。まるで西部劇に出てくるガンマンみたいだ。

「何をしとるんだと訊《き》いてるんだ」

管理人は小柄で老人だが、その迫力は大夢をひるませるのに十分だった。

「あ、あの、看板を、外そうとして……」

「どうしてそんなマネをするっ」

ぐいっと詰め寄ってきた管理人の気迫におされて、数歩あとずさりする。

「だ、だってもうここは他人屋じゃないですし。この看板あると、勘違いして仕事頼みにくる人がいるし……」

「ならその看板を、ペンキかなんかで塗りつぶしとけばいいだろ」

「ええ？　剝がしちゃだめなんですか？」

「ダメだっ」

「どうして……」

「ダメなもんはダメだっ」

うむを言わせぬ、としか言いようのない勢いで、管理人はぐいぐいと迫り、とうとう手に持っていた接着剤はがし液まで奪い取ってしまった。

「あ、ちょっと！」

「こんなもんまで使って、油断も隙もあったもんじゃない！」

「返してくださいよ。人の物取るなんて、ちょっとやりすぎでしょ、非常識ですよ」

「ふん、どうせ安もんだろう。これは預かっておく」

「そんな、横暴な」

管理人ははがし液の小さなボトルを自分のズボンのポケットにぐいっとねじ込むと、腕組みをして大夢を睨《にら》みつけた。

「その部屋に安い家賃で住み続けたかったら、余計なマネはせんことだ。今度またおかしなことをしとるのを見つけたら、大家に報告させてもらうからな」

ふん、と鼻息も荒く吐き捨てるようにそう言うと、管理人は足音を立ててその場から去っていった。

「なんなんだよ……」

その背中を呆然と見つめながら、大夢は舌打ちした。わけの分からないことばかりだ。一体なんなんだ、この部屋は。このマンションは。

ドアにまだしっかりと張り付いている他人屋の看板まで、大夢をあざ笑っているような気がしてきた。

新しい通勤ルートにも慣れ、買い物する店も生活のルーティンも決まってきて、毎日の暮らしは少し落ち着いてきた。仕事も相変わらず。食事も服装も代わり映えなし。

迷った末、他人屋の看板には、上からその辺にあったコピー用紙をテープで貼り付けて隠すことにした。

しばらく、特に何も起こらない日々が過ぎた。管理人もあれ以降何も言ってこないので、これで正解なんだなと思うことにした。

ただ、あれの気配は感じる。幽霊だ。

大夢の買ってきた食パンやカップラーメンが、昼間仕事に行っている間に減っていることがある。というか、キッチンの流しに、身におぼえのない使用済みの箸や皿が放り込まれていることまである。確実に、幽霊に食われている。

「これじゃ、あのシェアハウスにいたときと変わんないな……」

名前も知らない他の住人に勝手に食べ物が盗まれる治安の悪いシェアハウスでの暮らしに嫌気がさして、ここに引っ越すことを決めたのに、結局食料は盗まれている。調理しないと食べられないものは盗られないのも、同じだ。

今、分かっている事実は二つ。幽霊は依然ここに自由に出入りしている。そして、腹を空かせているし飯も食うけど、料理はできないらしい。

心なしかトイレットペーパーの減りが早い気もするので、もしかするとトイレも勝手に使われているのかもしれない。そこも、トイレ共同だったシェアハウスと同じになってしまっている。

管理人には余計なことはするなと脅されたが、やっぱり、あの幽霊の正体をすぐにでも暴かないといけない。そう思った。不法侵入者が好き勝手出入りする部屋で、大事な食パンやラーメンを盗まれながら落ち着いて暮らせというほうが、無理だ。

今度幽霊が目の前に現れたら、しっかり首根っこ捕まえて叩き出すなり警察に突き出すなりしてやる。

そう心に決めたが、こっちのその決意を察したのか、小憎らしいことに、幽霊はとんと姿を現さなくなってしまった。ただ、食料とトイレットペーパーだけが減っていく。

幽霊の正体。その秘密を、どうやって調べればいいのか。大夢は、段ボール箱の中のノートを見た。

ノートを一冊手に取り、ぱらぱらとめくる。どのページを見ても、長い文章はほとんど見当たらない。せいぜい数行の走り書きが、しかしほぼ毎日、まめまめしく綴られている。

今手にしているのは、わりと最近のノートだ。去年の夏から始まっている。

春夫おじさんは、この部屋に二十年は暮らしていた。となると、もっと古いノートもあるはずだ。

段ボール箱の下の方のノートを取り出すと、予想通り、十年以上前の日付のものが出てきた。

最初期のノートは表紙に「日記」と書いてあり、中を読むと、家計簿と買い物メモと日記のまぜこぜになったような文章が、だいたいのページを埋めていた。

今から十五年前のノートを読んでみると、どうもこの時期の春夫おじさんは、日雇い派遣で働いていたような気配がある。週に五日は夜勤の警備員、たまに昼間も設営やライン工の派遣に入っている。今の大夢と似たような働き方だ。

仕事で行った場所、買ったもの、食べたもの。ノートにはそれらが淡々と書かれている。しかし、春夫おじさんが何を考え、思っていたのかという個人的な心情などは見つからなかった。

無口な人は、そのぶん日記などでは饒舌《じょうぜつ》になるというイメージがあったが、春夫おじさんは文章の中でまでそっけなく、無口な人だった。

(他人屋を始めたのは、いつからなんだ……?)

ノートを古い順に確認していく。

「あ」

思わず小さく声をあげた。ちょうど十年前、一月から始まっているノートの冒頭に、短い一文が書かれていた。

『部屋に幽霊が出た』

ただ一行、それだけ書いてあった。

急いでそのノートの先をめくる。だいたい月に一、二回ほど、『幽霊が出た』という記述が出てくる。しかし書かれているのはそれだけで、春夫おじさんがそのときどう対処したのか、どう思っていたのかも分からない。

「口下手過ぎるだろ……」

部屋に幽霊が出るなんておおごとだぞ。『出た』だけじゃなくて、何かあるだろ。もっと騒いで驚いて、細かく記録をつけてくれよ。

日記の中ですら口数が少ない春夫おじさんのノートを読み続けても、幽霊の正体も、どうしてこの部屋に出てきたのかも、依然としてよく分からない。摑めない。頭を抱えた。

『おまえが生まれる前から　ここは私の部屋』

幽霊が書いた、あの言葉が頭の隅に引っかかっていた。でも、ノートに幽霊の話が出てくるのはきっかり十年前からだ。当たり前だが、大夢はとっくに生まれている。

その時、どこかでスマホが鳴った。

慌てて仕事用のバッグから引っ張り出すと、液晶には「実家」の二文字が光っていた。

無視しようかな、と一瞬思う。でも、緊急の連絡な可能性もある。

「……はい」

『あ、大夢？　お母さんだけど！』

ぱーんとはじけるような、腹から出ている母親の声が鼓膜に突き刺さった。

「どうしたの」

『どうしたってわけじゃないんだけどさあ』

とりあえず、何か悪いことや緊急事態が起きたわけではないらしい。ほっとすると同時に、やっぱり無視しておけばよかったという気持ちになる。

『大夢あんた、東京で彼女とかできた？』

「用事ないなら切るよ。忙しいから今」

『何が忙しいのよ！　もう仕事終わってるんでしょ。もしかして今外？　誰かと一緒に居るの？　誰？』

「自分ちだよ！　誰もいないよ」

言ってから、外に居るから切るって言えばよかった、と頭の中で舌打ちする。

『女の子の知り合いとか、できたでしょ。東京なら』

東京を何だと思ってるんだ。合コン会場じゃないぞ。隠しもせずに電話口でため息をつく。

「別に」

『上京してしばらく経《た》つのに！　あんたまでそんなんじゃお母さん心配でおちおち老けてらんないわ……』

「俺までって、なに」

『お兄ちゃんに、誰かいいひと紹介してあげられない？』

「いきなり何の話？」

『婚活がねえ、うまくいかないのよ。どうしてかしらねえ。お兄ちゃんはしっかりしてるのに……』

兄の弘樹の顔を思い浮かべた。姿かたちから性格まで、ほとんど似ていない兄弟だ。

母親の言う通り、弘樹は小さいころから現在まで、非常に「しっかりした」人物だ。学校の成績はずっと良かったし、運動もできたし、素行不良どころか反抗期の様子もなかったし、地元の国立大学にすぱっと合格して、きちっと卒業して、公務員試験に受かって、県庁に就職した。「うちはお兄ちゃんがしっかりしてるから安心」は、母親の口癖だ。逆に言うと、弟はしっかりしていないから不安、ということになる。

そのことについては、今さら何を感じるでもなかった。大夢は、自分がふらふらした生き方をしていると思っているし、兄がしっかりしているのもその通りだと思っている。ただの事実だ。

兄と自分はまるで違う人間だ。それが、家族というだけで、比較されたり一緒に暮らしたりしないといけないというのが、嫌だし面倒だった。

『同期がねえ、結婚ラッシュだって言ってて。しょっちゅう結婚式に呼ばれてるのよ。だからこっちもそろそろご祝儀取り返さないと損になるよ！　って言ってるんだけど』

それは損とか得とか、そういう問題なのか？　結婚式に出席したことのない大夢は電話口で首をひねったが、母親の嘆きは止まらない。

『家のリフォームも済んだし、あんたは独立したし、あとはお嫁さんだけなのよ。やっぱりお金かけてでも、結婚相談所とか登録させたほうがいいのかしらね。見ててかわいそうなのよ』

「俺にそんなこと訊かれたって、分かんないよ」

『あんたのほうがあの子とトシは近いじゃない。どうなの、最近の若い子はみんなアプリで出会ってるっていうけど。ああいうのって危なくないの？　変な人に騙《だま》されたりしない？』

「だから、知らないって」

うんざりする。

兄が婚活しているのは知っていた。完全に兄先導で行った実家のリフォームも、やがてする結婚のためにと言って、二世帯住宅仕様にしていたからだ。

でも不思議なのは、大夢の知るかぎり、学生時代も就職してからも、兄に付き合っている女性——いわゆる彼女の存在が見えなかったことだ。

兄は結婚したい誰かがいるのではなく、結婚するために誰かを探している状態、らしい。

「兄貴も条件はいいんだし、まだそんなトシじゃないし、そのうち相手は見つかるんじゃないの」

適当にいなす気持ちで、電話の向こうの母親にそう言った。

『それがねえ、私もツテはあったから何度かお見合いみたいな席は設けたんだけど、ダメなのよ。連敗なのよ。それでお兄ちゃん、落ち込んじゃってて』

兄の落ち込んでいる姿。それは、大夢の想像の外にあるものだった。そんなの、見たことない。

たぶん、兄は人生で初めて「連敗」なんてものを経験してるんじゃないだろうか。そう考えると、ちょっとだけ胸のすくような思いがする。

『……やっぱり、片親っていうのが、よくないのかしらね』

「は？」

母親の言葉に、一瞬で冷水を浴びせられたような気分になった。

「いまどき、そんなの関係ないだろ」

『都会じゃそうかもしれないけど、やっぱりこっちはまだ、あるわよ。そういうのは』

「だとしても、そんなことでけちつけてくる相手と付き合う必要ない」

『そうは言ってもねえ』

「何がだよ。まさか兄貴がそんな話してんの？」

だったら今すぐ新幹線に飛び乗ってぶん殴りに帰る。拳をぎゅっと固くした。

『違うわよ。そうじゃないんだけど、あんまりにも決まらないから、理由はそれくらいしか思いつかなくて。一回会っただけでダメなのよ？　真面目だし、見た目だってそんなに悪くないわよね。なんでお兄ちゃんがダメなのか、今の女の子の考えてることってぜんぜん分からない』

「俺だってそんなの分かんないよ。相手の人にフィードバック貰ったら？」

仕事ではたまに模擬試験みたいなことをやって、客役の社員にフィードバックを貰う。

『うちの長男のどこがお気に召さなかったのか教えてくださいって言うの？　できないわよ！そんなみっともないこと……』

大きなため息が、電話の向こうから溢《あふ》れてきた。

『あんたは、どうなの。お母さんうるさいことは言わないから、会わせろとか写真見せろとかも言わないから、彼女がいるかいないかだけでも、こっそり教えてちょうだいよ』

「いないって」

こっそりって、何に対してのこっそりだよ。いいかげんイライラしてきた。大夢は頭を搔きむしる。こういう話題は、はっきり言って苦手だ。嫌いと言ってもいい。

毎朝の通勤電車の中で見る、結婚相談所の広告。結婚式場の広告。夏の恋のために脱毛しろという広告。百万部も売れているらしい恋愛マンガの広告。液晶モニターには、登場する女の子は全員プレーヤーに恋をしているという設定らしいゲームの広告や、中国で大ヒットしたラブロマンス時代劇がついに日本上陸というキラキラしたCMが延々と流れている。スマホを見れば、美少女同士が抱き合っているアニメの広告、美青年同士が抱き合っているマンガの広告、マッチングアプリの広告に、地下鉄の構内図を調べたいだけなのにいきなり出てくるえげつないエロマンガの広告まで、溢れるように表示される。

全てが理解できない。

大夢は外出するときは服を着て靴を履くし、赤信号では止まって青信号で渡る。勤め先ではそこのルールに従って働くし、箸の持ち方とか自転車の乗り方も知っている。それはこの世界に生まれて、育って、生きてきて自然に身についた、社会生活をおくる上での「当たり前」だ。でもひとつだけ、世の中で「当たり前」になっているのに、身につかなかったものがある。

「俺は、彼女とかそういうの、無いから。これからも、その先も」

噛《か》んで含めるように、言った。今言える精いっぱいの言葉だった。

『その若さでそんなこと断言するもんじゃないわよ。いやね、思春期の子どもみたいに』

「違うんだって」

『あ……まさか、最近ドラマとかでよく見る、ああいうのなの？　男の子と男の子の……』

「違う。違う。違うんだって」

否定の言葉を繰り返す。「そうではない」と否定する以外、自分を表す言葉を見つけられない。

その後もまだ兄の婚活について話したそうだった母親の言葉を、半ば無理やりさえぎるようにして、なんとか電話を切った。

「はー……」

特大のため息が出る。

昔から、「何かあったらお母さんに相談してよ！」と何度も言われているが、世の中、親にできる相談とできない相談がある。

それに、「何かあった」じゃなくて、「何かが無い」場合は、どう相談すればいいんだろう？

昔マンガで読んだ「悪魔の証明」という話を、ふと思い出す。簡単に言うと、「無い」ことを証明するのはとても難しい、みたいな話だった。

その言葉が、ずっと胸の隅にある。その通りだと思った。自分の中にいかにそれが「無い」かを他人に説明するなんて、想像するだけで頭がこんがらがりそうだし、すごいストレスを感じる。

自分で、自分自身に証明することもできない。

今まで他人に言われたことがあるのは、「そのうち好きな子ができる」とか「奥手」とか「奥手ぶってる」とか、「それって心の病気かもよ」とか、そういう言葉だ。

大夢はそれに対して全部、「違う」と思ったが、本当に「違う」のかは、正直、自分でも分からない。

みんなの言う通り、二十年以上起こらなかったことだけど、この先急に誰かを〝好き〟になったり、エロさを感じたりとか、するのかもしれない。そうならないという確信も保証もない。でも、ずっと今のままかもしれない。

どっちに転んでも、不安だ。いつか自分が変わってしまうのかもしれないことも、死ぬまでこのままかもしれないことも。

で、このようなことを、母親に相談したって何も解決しないだろうし、向こうにも大夢にも余計なストレスがかかるだけ、という結果しか予想できない。

だから今は、「違う」しか言えない。思う通りの息子とは違うし、一般的な人生とも違うし、兄貴のようにしっかりした人間とも違う。

自分はこういう人間だ、とはっきり言える言葉は見つからないけど、「違う」はたくさん見つかる。

俺は否定形でできてる人間だ。ぼんやりと、部屋の中空を見つめる。

苛立《いらだ》ちとわびしさの間のような気分になり、どーんと倒れるようにベッドに寝転ぶ。そんなに厚くないマットレスが弾んで、載っていたノートが何冊か床に散らばる。

はっとしてそれを目で追った。

そうだ。今は母親や兄貴のことはひとまずどうでもいい。幽霊問題を解決しないといけないのだ。

文章の中でまで言葉足らずで口数少ない春夫おじさんのノートでは、幽霊の正体すら摑めない。ならば、自分で調べるしかない。

寝っ転がりながら腕組みして、うーんと唸《うな》った。

頭の中を整理する必要がある。まず確かめないといけないのは、あの幽霊が本当に「幽霊」

なのか。

これはまあ、おそらく十中八九、違うだろう。幽霊が食パンやラーメンを食ったり、あまつさえトイレを使うわけがない。

ではあれがただの人間だとして、どうしてこの部屋に自由に出入りできるのか。

鍵は出かけるたびにしっかりとかけている。帰ってきたときも、かかっている。だから、あの幽霊は合鍵を持っている可能性が高い。春夫おじさんから渡されたか、勝手に作るか持っていくかしたか。

とりあえず、鍵さえ取り上げてしまえば、もうここには入れないはずだ。ドアや壁をすりぬける超自然的な力でも持っていないかぎり。

もうひとつ。疑問に思っていることがあった。

あの幽霊は、この部屋を自分の部屋だと主張し、絶対に出ていかないと言った。しかし、今はいないし、四六時中入り浸っているという雰囲気でもない。

大夢の仕事が休みで部屋にいるときは、出てこないのだ。

あの幽霊には、どこか別の場所に寝泊まりするところがあるはずだ。そこを探れば、正体を摑む大きなきっかけになるだろう。

なんせ定住する場所を得るには、しっかりした身分なり家族なりがいないとままならない世の中なのだ。住所さえ分かれば、あとは芋づる式にその正体を探ることができるはず。

悔しいけど、これは確かに、ちょっとミステリ小説みたいだな。

幽霊の正体をつきとめるため、大夢は一人、部屋で計画を練った。

まず一案。部屋に幽霊がやってきたところをとっつかまえ、鍵を取り上げ、ついでに正体を吐かせる。

この直接的な計画は一番手っ取り早いはずだし、アクション映画の主人公がやるみたいに、ちょっと痛い目にでも遭わせれば二度とここにはやってこないだろう。おそらく。

ただ、この計画の問題点としては、大夢は生まれてから今まで、実力行使でもって誰かをふんづかまえたり、あまつさえ暴力に打って出た経験など、一度もないことだ。

ごく小さな子ども時代から、ケンカや争いごとは避けて逃げ回ってきたタイプの人間だ。あの幽霊は見たところかなりひょろひょろしていたが、それは自分も大差ないし、体力にも腕力にもまるで自信がない。

あと、失敗してやりかえされるのが怖い。ふいうちに成功しても、反撃されたら普通に負ける気がする。逆恨みされる可能性もある。

やっぱり、暴力に訴えるのはやめよう。第一の計画に頭の中でバッテンをつけた。

もう一つの案。それは、尾行だ。

幽霊は大夢が留守の間に部屋に入り、帰宅する前に出ていっている。シフト制で仕事をしているので休みはまちまちだが、出勤と退勤の時間はいつでも同じだ。仕事帰りにどこかに寄るような用事もないので、帰宅時間もほぼ同じ。幽霊は、そこの隙を突いて、部屋で好き勝手している。
ならば。次の休みの日に、いつも通り出勤すると見せかけて、どこかに隠れて部屋を張り込
みし、そこに出入りする幽霊の足取りを尾行すればいいのだ。
　一日仕事になるだろうが、これならバイオレンスなことにもならずに、幽霊の正体を摑める。
昔実家で、なぜか毎週家族揃って見ることになっていた探偵もののドラマを思い出す。それ
に出てきた相棒もかっこいい車もスーツも持っていないけど、明確に目的のある探偵ごっこが
できるとなると、柄にもなくわくわくした気持ちになっているのに気付いた。
　やっぱり、あんぱんと牛乳を用意して張り込みに挑みたい。煙草は……嫌いだからなしでい
いか。
　しかし問題は、どこで張り込んで、部屋を監視するかだ。

「さーて、今日も仕事行くかあ」
　わざとらしく大きな独り言を言いながら、いつもの服装にいつものバッグを持って、大夢は
部屋を出た。
　そしてエレベーターまで歩……かず、廊下の左右をささっと見回すと、向かいの開いている
ドアの中に飛び込んだ。

「いらっしゃ……あれ、南さん？」

開店直後の『BOOKS小石』の中に客はおらず、小石川だけがカウンターの中に立っていた。

「お早うございます。これから出勤ですか」

「……ちょっと、相談があるんだけど」

「相談？」

小石川は首を傾げた。

すーっと一回深呼吸して、これから頼み事をしないといけない相手に舐《な》められないように、きっと険しい表情で口を開いた。

「ここで、今日一日張り込みをさせてほしいんだけど」

「張り込みって、刑事ドラマとかでやってる、あの張り込みですか」

頷《うなず》く。

「どこを張り込むんですか」

無言で、向かいの自分の部屋を指さす。

「どうしてまた……」

「俺が留守の間に、勝手に出入りしてる不法侵入者の正体を摑む」

「それって、例の……〝幽霊〟のお話ですか」

小石川の表情もシリアスになる。

「俺の居ない間に勝手に食料食ったりトイレ使ったりしてるんだ。家賃も払わないで泥棒までされて、黙って大人しくしてるわけにいかないだろ」

「でも……小野寺さんとは、うまく暮らしてたみたいですし」

「俺は春夫おじさんとは違う。あんな不気味な奴に生活を引っ掻き回されるのはごめんだ。なんとしてでも正体暴いて、あの部屋から出てってもらう」

間違ったことは一つも言っていないはずだ。その確信に後押しされ、大夢は強気でカウンターに詰め寄る。

小石川はしばらく不安げな表情でドアの外と大夢を見ていたが、やがてゆっくり頷いて、

「分かりました」とひとこと言った。

「張り込みはいいですが、ここは一応僕の店なので、中に居るときは店内ルールを守ってもらいたいんです。いいですか?」

ルール? 本屋に? 嫌な予感がしたが、ここがただの本屋ではなさそうなのは、うすうす感じていた。

小石川はいろんな物が載っているカウンターの真ん中に置いてある、A4サイズのパネルを指さした。そこには装飾的でカラフルな手書き文字で、いくつかの〝ルール〟が箇条書きしてあった。

・BOOKS小石は、本屋です。置いてある本は全て商品なので、大切に扱ってください。
・BOOKS小石は誰でも入って休憩できる本屋です。
・でも、誰かを排除・差別したり、ハラスメントをする方は、入店をお断りしています。
・店内で何か問題があった場合は、店主にすぐお知らせください。
・直接話すのが難しいという方は、こちらのQRコードのサイトから、連絡方法をお選びください。

「これがうちのルールです。よろしくお願いします。休憩はそこのソファのどれでも使っていただいて大丈夫ですが、ドリンク一杯の注文をお願いしてます。価格は一律二百五十円。今月のおすすめは無農薬の国産カモミールティー、掛川のほうじ茶、ベトナムのフェアトレードコーヒーです。おかわりは五十円引き。あと、全面禁煙です」

立て板に水でそう話す小石川の前で、大夢はむっつりした顔のまま腕組みした。

「……変な店」

「そう！　変な店なんです。嬉《うれ》しいなあ、そこを分かってもらえるの。もっと変な店にしたいんですけどね。まだまだアップデートしてる最中です」

いや、褒めたつもりはぜんぜん無いんだけど。そう言おうと思ったが、やめた。

「あの……念のため確認ですけど、もし幽霊さんが現れたとしても、手荒なまねなんてしませんよね？　もしそうなら、僕は協力できません」

パネルに手を掛けながら、小石川がまた不安げな顔をする。

「それはない。俺には暴力の才能がたぶん無いから」

「あってもやっちゃだめですよ！」

小石川が大げさな声をあげた。

とりあえず、本棚の陰から少し廊下が見える位置にあるソファに座って、大夢は張り込みを開始した。手には小さなカップに入ったコーヒーがある。インスタントや缶コーヒーとは違ういい香りがしたが、飲むとかなり酸味が強かった。酸っぱいコーヒーは好きではない。

「もしかしてこのために、お仕事休んだんですか」

カウンターの向こうの小石川が話しかけてくる。

「シフトだから、もともと休み」

「どんなお仕事か訊いても大丈夫ですか」

「派遣。コールセンター」

「あー、僕も昔短期でやったことあります。大学の夏休みに。大変ですよね」

『BOOKS小石』にまだ客は一人も来ていない。小石川も暇なのだろう。妙に機嫌よさそうに、気安く話しかけてくる。

「この店って、儲《もう》かってんの？」

「正直、儲かってはいませんね。毎月ギリギリです」

「なんで儲からない本屋とかやってんの」

特に本を読む人間ではない大夢も、出版業界が不況だとか、街の書店がどんどん潰れているというニュースは何年も前から耳にしている。

「うーん、本屋をやること、が目的ではないんですよね。僕の理想のスペースを作ろうと思ったら、結果として本屋になったという感じで」

「マンションの一室でやってる、客の来ないうさんくさい本屋が理想?」

「お客さんは来てほしいですけどね。でも、うさんくさい空間ってよくないですか。秘密基地みたいな、ちょっと入るのにドキドキするような場所にしたかったんですよ」

ふーん、と聞き流しながら、辺りを見回した。しおりとかブックカバーとかバッジとか、やたらこまごましたものを売っているが、そのどれも、値段より大きく「説明」が書かれている。『レインボーカラーのピースマークをパッチワークしたブックカバーです』『パレスチナ連帯のシンボルであるスイカを刺しゅうしたハンドタオルです。売り上げはUNRWA《アンルワ》への寄付に使用します』『フェアトレードの――』等々。

「ここっていわゆる、〝意識高い〟店?」

そう言うと、小石川の片方の眉毛がぴくっと持ち上がった。

「その、意識高い、っていうの、あまり好きな言い方ではないです」

小石川は穏やかな口調のまま、でもほんの少しだけ表情に緊張感をにじませて、そう言った。

「意識に高いも低いもないじゃないですか。強いて言うなら、意識しているか、していないかの違いがあるくらいで。僕は確かに、いろんなことを意識してますし、というか、せざるを得ないなと思うことが多いし、この店も、そういう僕に合わせた空間になってると思います。でも、そのことをからかわれるのは、普通に嫌ですよ」

きっぱりとそう言われて、大夢はたじろいだ。

「……からかったつもりじゃ」

「つもりじゃないなら、余計にその言い方、しないほうがいいです」

ぐうの音も出なくて、下を向いて黙った。正直言うと、思いっきり、からかったつもりがあったからだ。

「鼻につくんですよね。こういうの。分かります」

気まずいまま、廊下の向こうの自分の部屋のドアを真剣に見ているふりをする。

「今までいろんな人にそう言われてきたし、それで恋人にフラれてしまったこともあるし。東京に引っ越してきたのも、前に居たコミュニティーに居づらくなってしまったからだし」

「自覚あるんだ」

思わずそう言うと、小石川は力なく笑った。

「どうしたらいいか分からなくて、だいぶ悩みましたから。だって、僕は誰かに暴言を吐いたりしたこともないし、自分で言うのもなんだけど、温厚な性質だと思います。平和を愛してるし、困っている人やつらい思いをしている人たちに寄り添いたいし、役に立ちたい。でも、僕のそういうところが、たまに、とても嫌われてしまうんです」

エプロンにたくさん付いたバッジの一つを指先でいじりながら、小石川はカウンターの上のパネルを見つめる。

「〝お前のこういう悪い部分が嫌いだ〟と言われたら、納得できるし直そうとも思えるかもしれない。でも、〝お前の正しいところが嫌いだ〟って言われたら、どうしたらいいか分からなくなってしまって」

小石川はカウンターに肘をついてため息をつく。

他に客のいない店の中で、奇妙な緊張を感じたまま、小石川の話を聞き続ける。

「僕が政治のことや社会のことを話したりしなければ、もっと続いていたかもしれない友情や愛情や仕事の付き合いがあったんです。けっこう、たくさん。それを惜しくないと言い切れるほど僕は強くないし、でも、自分が間違ってるとも思えない。世の中には戦争とか差別とかひどいことが常に起きていて……その中には、僕が当事者である問題もいろいろあります。それに関心を持ったり、少しでも世の中を良くしたいと思って行動するのは、だめなことなんでしょうか?」

沈黙が流れた。無意識に手を握り締めていた。

「……それはさ、その質問は、こっちは『いいえ』しか、言えないやつじゃん」

「えっ？」

「そんな質問、『いいえ』って言うしかない。だってあんたの言ってること、全部正しいし。よく分かんないけど。正しいんでしょ？　それで、ここで『いいえ、だめじゃないですよ』って言わなかったら、俺が悪い奴か、もしくはばかな奴になるんでしょ」

「そんな……」

より気まずさと重さを増した沈黙が、どんよりと店の中の空気を押し下げる。

「悪い」

先に口を開いたのは、大夢だった。

「なんか、言い過ぎた気がする」

視線は動かさないままそう言うと、小石川がうろたえたような声をあげた。

「いや……いや、違う。違いますよ南さん」

「そっちはなんにも、悪いこと言ってないじゃん」

「そうですよ。悪いことではないのを分かってて、南さんの言う通り、『いいえ』しか答えにくいような話をした。君の言葉をコントロールしようとした。まだお互いのこと、よく知りもしないのに。それは、僕がよくない。また同じこと、繰り返そうとしてる」

「……試した？　俺のこと」

「たぶん。そうです。試そうとしました、南さんのこと。それは……悪いことです」

二人はまた、口を閉じた。手の中の酸っぱいコーヒーは、完全に冷めている。

大夢は、顔をカウンターの方に向けた。

小石川は、大きな身体を折り曲げるようにして、カウンターに肘をついていた。

「正しくて、ちゃんとしてる人なんだろ、あんた。だいぶ方向性違うけど、俺、他にもそういう人知ってる。何も間違ったことしない奴で……だから俺は、ちゃんと嫌うこともできない。ただ、気に食わないって思うだけ」

頭には、兄の弘樹の顔が浮かんでいた。何も間違わない、出来のいい長男。

「俺はそいつにも、あんたにも世話になっちゃったし、気に食わないなんて、ほんとは言っちゃいけないんだろうけど」

「それは……そんなことは、無いと思います」

だいぶトーンの落ちた声で、小石川が言った。

「どうしようもなく相性の悪い相手っていますし、嫌われるのは悲しいけど……無理して気に入る必要もない、と思います」

「人がいいな。俺、けっこうひどいこと言ってる気がするんだけど」

「他人の心って、この世の中で一番どうにもできないものですから。そうであるべきだし」

小石川は大きい手で自分の顔の下半分を覆って、ふーっとため息をつく。

「それを、コントロールしようとする悪い癖があるんです、僕には」

「悪いところ、あるんじゃん」

「ありますね。これです。……ちょっと、僕もコーヒー淹れてきます。南さんはおかわり、いりますか」

大夢は首を横に振った。もっと美味《うま》いコーヒーだったら、正直欲しかったが。

カップに湯気の立つコーヒーを入れて戻ってきた小石川は、眉間に思い切り皺《しわ》を寄せていた。

「『なんでこの人は分かりきった正しいことを選ばないんだろう、正しい方に導いてあげなきゃいけないのでは』みたいな視線で、他人を見てるのに気づくことが、あるんです」

「うわっ」

「僕もそこ、自覚すると、自分で『うわっ』てなります。何度もなってる」

「何度もって」

「ですよね。でも、少し前まで、どうしてそうなるのかも、分からなかった」

ぐっと一口コーヒーを飲むと、小石川は真正面から大夢を見た。

「ところで南さん、人権についてどう考えてます？」

「この流れでそういうこと訊く？」

「この流れの中で、だいじなところなんです」

小石川の顔は、冗談を言っているようには見えなかった。大夢は口をへの字に曲げて、めんどくさい話になってきたな、と思う。

人権。学校の道徳の時間や、あと社会科のときも何度か聞いた記憶がある。が、内容はほとんど覚えていない。教師もただ教科書を読み上げるだけで、そのことについて熱心に授業で伝えたい、という感じでもなかった。

「まあ……人が生きていくうえで大切な……思いやりのある社会にしましょう、みたいな？」

「それ。その思いやりっていうのがくせものなんです。人権と思いやりって、違うんです」

「そうなの？」

「好き嫌いとか思いやりとか、そういうその時の気分や環境で変わってしまうものではなくて、全ての人が生まれながらに持っていて、たとえ大悪党でも、超のつく嫌われ者でも、絶対に侵害されてはいけないものが、人権なんです」

「へえ……」

「というのが、いわゆる人権についてのお話の、『正しい』部分です」

小石川はいったん言葉を途切らせ、少し考え込むような顔をした。

「人権は思いやりの話ではない。それは間違いありません。でも、誰かに人権についての話をするとき、その人に対する思いやりを持たなくていいかというと、それは違いますよね」

大夢はこんがらがりそうな頭でなんとか小石川の言葉をかみ砕きながら、曖昧に頷く。

「僕はそこが分かってなかった。正しいことを伝えているのだから、相手が理解できなかったり、拒否するのならば、それは……相手が『正しくない人』だから、って考えて、それで終わらせていました」

「うわっ」

思わず声をあげた大夢に、小石川は複雑な笑顔を向けた。

「そうなりますよね。そうなったんです」

「そういうので、引っ越すまでのことになった？」

小石川は「うーーん……」と、長く唸った。

「それだけじゃあないですけど、同じ街に住み続けてるのがしんどくなってきて。仲の良かった友達と行ったバーとか、付き合ってた相手と買い物したスーパーとか、そういうものに囲まれてひとりぼっちでいるのって、だいぶ辛かったんですよ」

カウンターの下にも雑誌や本が並べてあって、大夢はその表紙に書かれている「気候変動」や、「ＬＧＢＴＱ＋」や、「生きづらさ」といった言葉を、ぼんやりと見つめる。

「この世界のいろいろなことを意識するのはやめたくないし……というか、やめられないですし。ひとりぼっちになっても、やっぱり世の中を少しでも良くしたいという気持ちは、ぜんぜん消えなかったんです」

ひとりぼっちの何がそんなに怖いのだろう。大夢は自分が将来そうなることを確信しているし、というか今現在も友達らしい友達もいないし、独りが辛そうな小石川のことが、余計遠く見えた。

「でも、これまでと同じような、ブルドーザーで相手に突っ込んでいくみたいにその正しさを伝えようとするのは、ちょっとやめよう、と思ってます。それじゃ結局は、ほとんど伝わらないから」

「ブルドーザー」

「そう。いきなりブルドーザーで轢《ひ》いてきた相手にどう説明されても『なるほど、そういう理由で轢いたんだね』なんて納得するなんてこと、ほとんどありえないでしょう。どんなに優しい人でも、物分かりがよくて冷静な人でも、きっとそれは難しい」

ブルドーザーに乗ってどこかのグラウンドを爆走している小石川を思い浮かべ、思わずふふっと笑ってしまった。

「……まあ、そうやって気を付けようと思っていても、まだまだですよね。急には変われないみたいです。南さんには、すでに嫌われちゃってますし」

「いや、嫌うってほどまでは……気に食わんくらい」

今度は、唐突に小石川が声を出して笑った。

「南さん、正直だな。でもそこで『嫌いじゃないよ』とか言わないの、素敵ですよ」

「素敵ぃ？」

そんなことを言われたのは生まれて初めてで、違和感で全身がもぞもぞした。

「気に食わないままでいいですから、たまにこうしてお喋《しゃべ》りしてくださいよ」

妙に機嫌よさそうに、いつの間にか空になったカップをくるくる回しながら、小石川はそう言った。

「俺はほとんど喋ってないよ」

「じゃ、今度は南さんのターン。なんでも聞きます」

「喋りたいことがない」

「それは――」

口を開いた小石川を、大夢は慌てて片手で制した。

かすかに、聞こえる。廊下の向こうから、誰かの足音が。

軽快な足取りではなかった。ゆっくり、ゆっくり、足をだらだらと地面に引きずるようにして、べったん、べったんというやる気のない足音が、こちらに近づいていた。

ごくっと唾液を飲み込み、音を立てないように気を付けながら、そーっとソファから立ち上がり、一番近い本棚の陰に隠れた。

しん、とした緊張感が走る。

やがて、とうとうそれは姿を現した。

明るい廊下の照明で姿を見るのは、初めてだった。幽霊は、いつもと同じだぼだぼのスウェット上下を着ていた。膝とか尻とかが抜けてだるんだるんになっていて、裾も床に着いていて、薄汚れている。

垂れ下がったべたっとした髪は本当に長く、腰に届きそうなくらいある。ひょろひょろで、でも背丈はそんなに大きくない。ひどい猫背、というか、ほとんど地面に落ちた何かを探してるのか？　というくらいの俯《うつむ》き加減で頭を下げたまま、ずるずると歩いていた。

幽霊は、こちらの様子には気づいていないようだった。というか、あの状態だと自分の足元以外は何も見えないだろう。

幽霊の足は、404号室の前でぴたりと止まった。

ぎりぎりまで、実は本当に幽霊とかオバケの類いだったらどうしよう、と考えていた。ドアをすり抜けたりとか、そういう非現実的な瞬間を目撃してしまったら……と。

しかし、幽霊はのろのろした仕草でスウェットのズボンのポケットに手を突っ込むと、鍵を取り出した。

そして当たり前のように鍵を開け、ドアを開けた。

真っ昼間に堂々と姿を現した幽霊は、当たり前のように鍵を使って、部屋に入っていった。

「……あれが、幽霊さんですか」

小声で囁《ささや》いた小石川に、無言で頷く。

スマホを見ると、時間は午後一時少し前だった。

幽霊は、大夢のいないあの部屋の中で何をしているのか。今すぐ飛び込んで行って問い詰めたい気持ちでいっぱいになった。

しかし、それをやってもし逃げられたら、もう二度と正体は摑めなくなるかもしれない。しばらく本棚の陰でじっとしてひたすらドアを見つめていた。しかし、十分以上経過しても、物音ひとつ聞こえてこない。

そのうち、空腹を感じてきた。昼時もだいぶ過ぎている。いつもなら仕事の昼休憩の時間で、粗末な昼食をとっているところだ。

「あの」

また小声で、小石川が声をかけてきた。

「僕、ちょっとお昼ごはん買ってきていいですか。今日はお弁当持ってきてなくて」

「え、その間はここ、どうするの」

「いつもは休憩の看板出して一時間くらい閉めるんですけど、そしたら部屋が見られなくなっちゃいますよね。だから、こっちに入ってちょっとだけ店番、お願いできますか」

小石川は、自分が立っているカウンターの床を指さした。

「店番って……俺、本屋のレジなんてやったことないんだけど」

「大丈夫ですよ。お客さんなんてそうそう来ないですし」

それもどうなんだ、と思ったが、大夢はしぶしぶ本棚の裏から出てカウンターに入った。

「助かります。何か問題あったらすぐ電話してください。ＬＩＮＥのＩＤ、前に渡しましたよね？」

渡されたが、登録はしていない。大夢のＬＩＮＥは家族と配達情報が送られてくる運送会社と派遣先しか登録されていない。

「あ、南さんお昼用意してます？　良かったら一緒に買ってきますよ。アレルギーや嫌いな食べ物とかあります？」

まったく普通の顔をして話す小石川を、大夢は思わずまじまじと見た。

「……さっきの今で、よく俺に昼飯買ってこようなんて思えるな」

「生まれつきのおせっかいなので」

「損するよ、そういう生き方。知らないけど」

そう言うと、小石川は首を傾げた。

「そうかなあ。だって人生、一回しか無いんですよ。不親切な奴として過ごすより、親切な人間になったほうがよくないですか。たった一度の人生をクソ野郎として生きるほうが、僕は損だと思います」

小石川の口から〝クソ野郎〟という強めの言葉がぽんと出たことに驚いた。

「……いらない。あんぱん持ってきてるし」

「あんぱんだけ？　それじゃ足らないでしょう」

「いい。金無いし」

「安いもの選んできます。この辺り、東京の中でも奇跡的に物価が安いんですから」

じゃ、ちょっと行ってきますと言い残し、小石川は小さい手提げバッグを片手に、足取り軽く店を出ていってしまった。

「…………」

カウンターの中で、大夢はむっつりとした顔で仁王立ちになっていた。ここからだと、部屋のドアはとてもよく見える。

「……なんでだろ」

独り言が口をついて出る。なぜ、普段はしない性格の悪い口の利き方を、小石川相手だと、してしまうのだろう。

大夢だって、進んで嫌な奴になりたいなんて思っていない。

ただ、積極的に他人に親切にしたことも、ほとんどない。他人と関わるのが、めんどくさいからだ。

誰かと知り合うと、自分についてごまかしたり嘘をついたりすることが増える。正直なままでいいと言われるかもしれないが、そんなの、無理だ。他の人にはあるのに自分にはないものが、多過ぎる。それが、嫌だ。

カウンターに肘をついて、自分の部屋のドアを見つめる。『他人屋』の看板に貼った紙は、適当にやったせいかよれよれで、ひどくみっともなく見える。

幽霊は今、あの部屋の中で何をしているんだろう。わが物顔でパンを食っているのだろうか。

春夫おじさんが生きていた頃は、どんなふうに過ごしていたのだろう。筆談をする幽霊と、無口な春夫おじさん。きっと同じ部屋にいても、会話はほとんど無かったのではないだろうか。

しかし。『他人屋』のお客さんだった人たちからの話を聞く限り、春夫おじさんは、こっちではいろんな人と普通に喋って仕事をしていたようだった。この店の小石川とだって、けっこうフランクに近所づきあいをしていたらしいし。

もしかすると、環境が春夫おじさんを変えたのだろうか。故郷を離れ、東京で生活することで、性格まで変わってしまうような何かがあったのだろうか。

大夢は久しぶりに、生まれてから二十年以上を過ごした地元のことを頭に浮かべた。親類縁者も、だいたい宮城を中心に東北近辺に固まっていた。それなりにいろいろな思い出もあったはずだが、なぜかしんどかった冬の寒さのことばかり思い出す。冷たく乾いた風の吹く土地だった。

実家の住所は仙台市だが、それを言うと、賑《にぎ》やかな都市部で生まれ育ったと誤解されるのがめんどくさい。七夕まつりや光のページェントなどの有名イベントでテレビに映る大都会仙台は、駅の周辺だけの話だ。仙台市は、かなりでかいのだ。内陸の方へ行けば、イルミネーションどころか街灯もろくに無いような、普通の田舎の風景が広がっている。

大夢の実家は仙台駅からバスで一時間以上かかる、寒々しいほどのっぺりした建売住宅地にある。住宅と公園とバス停以外は、本当に何もない。ガソリンスタンドすら潰れてしまったので、隣町のショッピングモールが出しているシャトルバスに乗るか、マイカーを運転しないと、飴玉《あめだま》ひとつろくに買えない地区だ。

春夫おじさんも、そこからそう遠くはない「本家」で、ある程度の年齢まで暮らしていた。同じ冬を味わい、同じ新米を食っていたはず。

(おじさんは、どうして上京してきたんだろう)

その理由を、本人はもちろん親戚の誰かから聞いたことはなかった。

大夢と同じように、仕事を求めて出てきたのだろうか。それとも別に理由があるのか。そして、東京の中でもこの千朝町の、メゾン・ド・ミルに住み着いたのは、どんないきさつと理由があったのだろう。

生きていたときは一年に一度も思い出さなかった春夫おじさんのことが、今、こんなにも知りたい。

考え事をしながらドアを見つめていると、廊下の向こうから話し声が聞こえてきた。

昼間は、同じフロアにある他の店も開いているので、けっこう人の出入りがある。

だが、その話し声は聞き覚えのあるものだった。管理人の老人だ。

顔を合わせるたびにそっけない態度を取られたり怒られたりしているので、もうすっかりいい印象は無い。どうかこっちに来ませんようにと祈るような思いでだんだん近づいてくるその声を聞いた。

「ん？　なんだ、あんたここで働いてんのか？」

祈りむなしく、管理人は当たり前のようにひょいと店の入り口から顔を覗《のぞ》かせると、こちらをじろっと睨んできた。

「いや、ちょっと店番してるだけです」

「いつものでっかい兄ちゃんは？　休みか」

「昼飯買いに行っただけなんで、すぐ戻ってきます」

たぶん。頼むから早く戻ってきてくれ、と頭の中で再び祈る。

「まあいいや、ついでだ。今月排水溝の点検があるから、ここに書いてある時間に家ン中いるように。日時変更したい場合は早めに言って」

管理人は、A4のチラシのようなものを大夢に手渡した。

「これ、立ち会わないといけないんですか」

「そりゃ家ン中で作業するんだから当たり前だろ。今までしたことないの？」

「……こういうとこで暮らすの、初めてなんで」

「実家は一軒家か」

「はあ」

「当日までに作業しやすいように、部屋片づけておいて。点検すんのは風呂場と台所と洗濯機の排水だから。集合住宅てのは、メンテナンスが命。自分の持ちもんじゃなくて借り物なんだから、あんたもいいかげんなことしないで大事に住んでちょうだいよ」

不機嫌そうな表情を変えずに、冷たく淡々とした口調で管理人は言う。いちいちイヤミったらしい爺さんだ。コールセンターの客にも、こういう最初から無意味にけんか腰の老人はたくさんいる。

チラシを手にしたまま、仕事のことを思い出して苦い顔をした。

と、そのとき、かすかにガチャリという音がした。

「あ」

管理人の肩越しに見える自室のドアが、のろのろと開き出した。

まずい。幽霊が出てくる。

なんでこんな最悪のタイミングで出てくるんだ。管理人はまだ何か喋っているが、もう何も頭に入ってこない。

開いたドアから、とうとうぬるりと幽霊が出てきた。そしてふたたび、当たり前のようにポケットから出した鍵で施錠している。

「――ってことだから。あのでっかい兄ちゃんにも、ちゃんと伝えといてよ」

幽霊がこっちを見たら終わる。大夢は手に持ったチラシをさっと顔の前に掲げた。

「さっきから何見てんのあんた、人の話ちゃんと聞いてる?」

管理人の声が、ますます不機嫌になる。

幽霊は、来たときと同じように、ずるずると引きずるような足音を立てながら、ゆっくりと廊下を歩いていく。

追いかけないと。今すぐ後を追わないと。

大夢の頭の中は最大レベルに混乱していた。去っていく幽霊。目の前のイヤミな管理人。戻ってこない小石川の野郎。

そうこうしているうちに、幽霊が視界から消えていく。どこかへ行ってしまう。

「……あの！」

チラシをカウンターに叩きつけて、管理人の話をさえぎった。

「すいません、ちょっと店番代わってください！」

はあ？　と首を傾げた管理人の横をすり抜けて、急いで『BOOKS小石』から出る。

幽霊は、廊下の先をずるずると歩いていた。ゆっくり曲がってエレベーターホールに向かったので、慌てて近くにあった変なオブジェの陰に身を隠す。

幽霊のくせに、生意気にエレベーターなんか乗りやがって。ちっと小さく舌打ちする。

ということは、こちらは急いで階段で下りて追いかけないといけない。

幽霊がエレベーターに乗り込んだのを見届けてから、急いで非常階段のドアまで走った。日頃の運動不足が、もろにこたえる――。

第六章　見えないもの

このマンションのエレベーターは、建物同様、だいぶ古めかしい。速度も遅い。だから、頑張れば階段を駆け下りてもほぼ同時に一階に着けるはずだ。

本当に探偵ドラマみたいな展開になってきた。緊張と興奮で心臓を高鳴らせながら、大夢は非常階段を勢いよく下りていく。

一階に到着すると、ちょうど幽霊がふらふらと建物の外に出ていくところだった。

ごくり、と唾を飲み込んで、そっとその後をつける。尾行開始だ。

表の天気は、薄曇りだった。全体的にぼんやりと灰色がかっている空気の中で、幽霊の姿はますます煙のように曖昧に見える。

のろのろ歩く幽霊に追いつかないように気を付けながら、五メートルくらい後ろをついていくことにした。

周囲から不自然に見えないか心配したが、東京の人間は道を歩く人間にたいして興味を向けないことを思い出した。車社会の田舎では、犬か子どもでも連れていないかぎり、道を徒歩で移動している人間は不審のまなざしで見られるのだ。ここは違う。昼間も夜も、そのへんをふらふら歩いている人間が、老若男女問わずいる。

それを証拠に、東京においても異様なはずの幽霊の姿に、ほぼ誰も視線を向けない。小汚いスウェット姿で、手ぶらでふらふら歩いている、異様に髪の長い人間。どう考えても変なのに、誰も気にしていない。同じく、その後ろを手ぶらで昼間からのろのろ歩いている大夢にも、誰も注目しない。

東京の暮らしにもだいぶ慣れたつもりだったが、白昼堂々、透明人間になった気分にさせられるこの感じ。やっぱり変な気分だ、と思う。

幽霊は、立ち止まりもせず歩き続ける。何度か角を曲がり、まったく知らない道に入った。何の特徴もない、住宅と住宅の間を走る細い道だ。古い戸建てやアパートが連なり、どこからかテレビの音が聞こえてくる。

目的もなく歩いているようには見えない。幽霊は、どこかを目指しているのだ。

誰かの後をつけて歩くなんて、初めての経験だ。ほんの少しでも幽霊の動きが変わるたびに、どきっとして隠れる場所を探したくなる。緊張する。

時間の感覚が、分からなくなってきた。

もうどれくらい歩いたのだろう。十分程度の気もするし、一時間くらい歩いている気もする。ポケットに入っているスマホを確認すれば済むが、一瞬でも幽霊の背中から目を離したら、それこそ煙のように消えてしまう気がする。

緊張しながら歩き続けているうちに、次第に、周囲の風景が変化してきた。

ずっと平凡な住宅街の中を歩いているつもりだったが、次第に通りから人の気配が消えてきた。小さな町工場や、トラックが数台停めてある無人の駐車場、倉庫らしい大きな建物が並ぶ。

この街にこんな場所があったのか。もうしばらく、誰ともすれ違っていない。ここでもし後ろを振り返られたら、何の言い訳もできずに尾行がバレてしまう。

殺風景な道をしばらく行くと、唐突に、少し先に明るいクリーム色の建物が見えた。

二階建てで、駐車場と裏庭がある、けっこう大きい敷地に建っている。幽霊は、その開いている門の中に入っていった。

この建物が、幽霊の目的地なのか？

一旦立ち止まり、電柱の陰に隠れながら、幽霊の動向をさぐる。

建物には大きなガラス張りのドアが付いていて、住宅というより、公民館とか小さい会社みたいな佇《たたず》まいに見える。

この角度からはよく読めない位置に、看板らしいものも掲げてある。

幽霊は、ガラスのドアを開けて建物の中に入っていった。ただ立ち寄っただけなのか、それ

だ？

ともここが幽霊の〝本拠地〟なのか……。

しばらくその場で観察していたが、ドアは閉じたまま、他に誰の出入りもなかった。

駐車場には白い大きなバンが一台停まっている。建物の中からは明かりが漏れ、カラフルなカーテン越しに人の気配も感じる。幽霊の雰囲気とはかけ離れている。一体何をする場所なんだ？

思い切って建物に近づき、明るいクリーム色の外壁に付いている、これまた明るいオレンジ色の、そんなに大きくはない看板を見上げた。

そこに白抜きで書かれているのは、『グループホーム　もーにんぐ』という文字だった。

「グループホーム……？」

聞いたことのある言葉だ。確か介護とか、老人ホームの別バージョンみたいな……そういうことに関係する言葉、だったはず。

あの幽霊は、老人なのか？　もしかしたらそうなのかもしれない。幽霊の声は聴いていないし、顔も見ていない。手の皮膚も、がさがさして見えた気がする。

老人ホームに住んでいる幽霊が、ほぼ毎日、けっこうな距離を歩いてメゾン・ド・ミルまで来ていた……何のために？

他に何か手掛かりがないか、おそるおそる建物の横手に回ってみた。

窓にはぜんぶカーテンがひかれていて、中の様子は分からない。裏庭だと思った場所は、小さな畑になっていた。何かの野菜が地面から顔を出しているが、何なのかは分からない。

辺りは静かだった。薄灰色の風景の中で、この『グループホーム　もーにんぐ』のクリーム色だけが、やけに明るく浮き上がっていた。

ここに来るまでも、この先も、人の賑《にぎ》わいや商業施設とは縁遠そうな場所だ。この街に……東京の下町に、こんな場所があるのか。寂しくて、都会って雰囲気がなくて、でも決して田舎ではない。

実家の辺りの風景にも少し似て見えて、大夢は無意識に、ぎゅっと下唇を噛《か》んだ。

とにかく、幽霊の居場所は摑《つか》めた。このグループホームに住んでいるのなら、施設の中の誰かに訊《き》けば、幽霊の正体はすぐに分かるはず。

「…………」

もう一度看板を見上げ、それから建物の入り口を見つめた。

いきなりあの中に入り、そこに居る知らない誰かに声をかけ、名前も知らない幽霊の正体を訊き出す。

「無理だ……」

そんなことしたら、こっちが完全に変な人扱いされる。道端で頭を抱える。

その時、ふいに建物の入り口ドアが開いた。

とっさに、近くに路上駐車してあった軽トラの陰に隠れた。今日は何かの陰に隠れてばかりだ。

建物から、女の人が二人、出てきた。片方の人は大夢と同じくらいの年頃で、リュックサックを背負っている。もう一人は四十代くらいの人で、デニム地のエプロンを着けていた。

「じゃ、ヨシノさん、気を付けていってらっしゃいね！　帰りの時間、忘れないようにね」

エプロンの人が笑顔でそう言うと、リュックの人はこくんと頷《うなず》き、今さっき大夢が通ってきた道を、すたすたと歩いて行った。

エプロンの人はリュックの人をしばらく無言で見送ったあと、建物の中に戻った。

「…………」

首を傾げた。エプロンの人は、おそらくこのグループホームの職員だ。ということは、見送られたリュックの人は、ここの利用者、ということだろう。でもリュックの人は、老人ではなかった。

混乱してきた。グループホームって、老人ホームのことじゃないのか？

そのまま軽トラの陰で建物を見つめていると、背後から、チャッチャチャッチャッという軽快な音が聞こえてきた。

振り向くと、もさもさの毛をした犬を散歩させている老婆が、こっちをうろんげな目でじっと見ていた。視線が、ばっちり合ってしまう。

やばい。いくら東京といえど、軽トラの陰で唸《うな》っている若い男は、やっぱり不審者に見られるんだ。

大夢は慌てて、なけなしの愛想で「無害です」と言わんばかりの笑顔を作った。

「こ、こんにちは……」

そう挨拶すると、老婆は険しい表情のまま、つんとした声で「こんにちは」と返してきた。気まずい。

しかし、その途端、犬が凄い勢いで尻尾を振りながら、足元に突進してきた。

「わっ！」

枯れ葉を集めたようなまだら色の毛をした犬は、はっはっと息を荒らげながら大夢の膝のあたりに必死に前足を掛けようとする。そのぼさぼさの太い尻尾は、あたりの埃《ほこり》を巻き上げながら大きく回転していた。

「こら、バッカス！　やめなさい」

老婆が慌ててリードを引いたが、バッカスと呼ばれた犬はなんとか大夢に近づこうと必死だ。

「バッカス、めっ！」と何度か叱られて、やっと突進の勢いがおとなしくなる。

そんなに犬と触れ合った経験がないので、びっくりしてしまった。けっこうでかい犬だ。でも、可愛い。バッカスの目はもさもさの毛に埋もれそうになっているが、小さくきらきらと輝いていて、眩《まぶ》しいものでも見るみたいに大夢を見上げている。

「ごめんなさいね。うちのバッカス、誰にでもなついちゃうもんだから」

「はあ」

誰にでもこうなのか。なんとなくがっかりした気持ちで、まだぱたぱたと尻尾を振るバッカスのでかい顔を見つめる。

「いい名前でしょ。『ロッキー』のバッカスよ」

「は？」

「知らないの？　映画の『ロッキー』に出てくる犬の名前よ。スタローンの愛犬よ。観たことないの？」

「いやあ……無いと思います」

「観たほうがいいわよ。若いんだから。名作よ」

年齢が関係あるのか？　内心でつっこむ。「ロッキー」ってあの、ボクシングの、階段駆け上がってジャンプしたり、エイドリアーン！　って叫ぶやつ……だよな。

有名な映画からその名を与えられたらしいバッカスは、嬉《うれ》しそうに飼い主の老婆と大夢を交互に見ている。これは、何犬なのだろう。今まで見たことのあるどの犬にも似ていない風貌だ。

「この辺じゃ見ない顔ね。そこの人？」

老婆は『グループホーム　もーにんぐ』の建物を指さした。どきっとしたが、違います、と小声で否定する。

「あ、そう」

老婆の視線は、まだうろんげだ。でも、これはチャンスかもしれない。

大夢は、思い切って老婆に質問を投げた。

「あの……あの建物って、何をするところなんですか」

視線を『グループホーム　もーにんぐ』に向けると、老婆は改めて大夢を上から下までじっくりと眺めまわした。

「あなた、この辺の人？」

「え。はあ、まあ。最近越してきたというか」

「あ、そう。あれはグループホームよ」

「はあ」

それは看板を見れば分かる。

「つい最近できたの。十年前くらいかしらね。だから詳しいことは、あたしも知りません」

十年前って、つい最近か？　時間の感覚が違う。

「あの……グループホームって、老人ホームとは違うんですか」

「そんなこと、あたしに訊かれても分かりません。でも、あそこに入ってるのは若い人ばっかりよ」

ということは、幽霊もやっぱり若者――どれくらいの年齢を若いと言っているのか分からないが――なのかもしれないのか。

「困ってる人とか、身よりのない人が集まって暮らしてるのよ。どこかが不自由だったり。よく知らないけど、そういう所らしいわ」

老婆のとてもおおざっぱな回答に、曖昧に頷く。

幽霊は、ここで暮らしている。「身よりがない」か「どこかが不自由」かは分からないが、そういう理由があってグループホームにいる。とりあえず人間なのは確定だ。

「ええと、十年前くらいにできたって言いましたよね。正確な、何年何月とか分かりませんか」

「覚えてないわよ。最近はあれでしょ、スマホでちゃっと調べれば、なんでも分かるんじゃないの」

言われてみれば、それもそうだ。お年寄りにネットの使い方を指示されてしまい、きまり悪く赤面した。

「まあ、普通に暮らしてるぶんには関係のない場所ね。今のところ特に問題も起こしてないみたいだし、このままそうだといいんだけど」

関係のない、か。建物を見つめる。俺にはもう、関係ができてしまったみたいなんだけど……。

老婆とバッカスと別れ、このまま張り込んでいてまた誰かに見つかったら面倒なことになりそうなので、しかたなく一旦、メゾン・ド・ミルに戻ることにした。

幽霊の居場所は分かった。問題はそこから先だ。

たぶん、ああいう施設は部外者をほいほい入れたり、話を聞かせたりはしてくれないだろう。

となると、やはり頼りはインターネットか……。どこまで調べられるだろう。

考えを巡らせながら四階に戻ると、『BOOKS小石』の店番を管理人に無理やり押し付けて飛び出してきてしまったのを思い出した。

おそるおそる店の中を覗《のぞ》くと、カウンターの中には小石川が戻っていた。

「あ、南さん！」

しまった、見つかってしまった。

名前まで呼ばれてしまったので、しぶしぶ店の中に入る。

「僕、えらく怒られちゃったんですけど、管理人さんに。何があったんですか」

小石川はむっとした顔をしている。「そもそもそっちがいきなり店番なんか頼むのが悪い」

という本音をぐっと押し隠して、事の次第を説明した。

「それじゃ、ほんとに幽霊さんを尾行したんですか。成功したんですか？」

好奇心が勝ったのか、小石川はカウンターからぐっと身を乗り出してきた。

「成功……はしたと思うけど、なんていうか、意外な場所に辿《たど》り着いたっていうか」

歯切れ悪くぼそぼそと言う。説明が難しい。

その時、近くの棚に陳列してある本が目に入った。表紙に「福祉」や「介護」といった言葉が並んでいる。そうか、小石川なら、ああいう施設の事も詳しいかもしれない。

「あのさ、グループホームってどういう所か、詳しく知ってる？」

「詳しいというわけではないですけど、ある程度は分かりますよ。どうしてですか？」

「幽霊が……どうも、この近くのグループホームに住んでるっぽくて」

そう言うと、小石川は少し間をおいてから、「なるほど」と頷いた。

「なるほどって、どういう意味？　何か知ってんのか？」

そう問うと、小石川は慌てたように首を横に振った。

「い、いえ、そういうわけではないんですが、なんとなく……小野寺さんから聞いていた話と合わせて、なるほどな、と思ってしまっただけで。深い意味はないです」

「春夫おじさんは、あの幽霊のこと、どんなふうに話してたわけ」

「僕もそう詳しい話を聞いてたわけじゃないんです。世間話の合間に、たまにぽつりと話題が出るくらいで……。『お菓子を置いておいてやりたいけど、店に行っても種類が多すぎてどれを買えばいいか分からない、自分は食べないから』みたいな話はしていた記憶があるかな……」

それじゃ幽霊の人となりは何も分からない。ため息をついた。

「……グループホームって、大きく二種類に分かれてるはずです。認知症の高齢者が利用する施設と、障害のある人が利用する施設。幽霊さんは、お年寄りではないんですよね」

「たぶん……。障害って、どんな？」

「それは、その施設によって違ってくると思います。知り合いにグループホームも運営してるNPO法人の人がいるんですが、そこはいわゆる引きこもりの経験をした人が、社会復帰や自立を目指して共同生活する、というホームでしたよ」

「引きこもり……」

そのフレーズには、心の隅がぴりっと引きつる。

大夢も、学校にも行かず仕事もせず、ひたすらぶらぶらしていた時期がある。することがないので自転車で毎日あてもなく近所を走っていたから、自分は引きこもりではない、という認識だったが、夕方のニュース番組の特集で、誰とも会わず会話もせずに一人で近所をうろつくだけの生活も引きこもりとみなされる、という話を聞き、なんともいえず嫌な気分になったのだった。

バッカスを連れた老婆の言葉を思い出し、その場でスマホを取り出し「グループホーム　もーにんぐ」で検索してみた。似たような名前の施設がいくつかあったので、「千朝町」でさらに検索する。

施設のホームページが、簡単にヒットした。

「これが、そのホームのサイトみたいなんだけど」

スマホの画面を小石川に見せた。

第六章　見えないもの

『『支援が必要な方の生活によりそい、おだやかな暮らしを営む』……ふわっとした表現ですね。ふむふむ……」

小石川はしばらくホームページをあちこち読むと、スマホを大夢に返した。

「精神障害のある方のための、滞在型ホームみたいですね。すぐ近くに同じ運営元の『さうざんど』というホームもあるらしいです。そちらは男性専用で」

「え？　待って、じゃあ『もーにんぐ』の方で暮らしてるのは、女の人だけ？」

「そうなりますね。こういう施設は男女別に分かれてることがほとんどなんですよ」

幽霊、女だったのか。そういえば以前ここで目撃情報があったというのも「白い服の女」だった。

「それはともかく……とにかく、なんでそういう施設にいる人が、十年もあの部屋にとりついてるのかが知りたいんだけど……ここに連絡すれば教えてもらえんのかな？」

「どうでしょう。利用者の個人情報は守られてるでしょうし、親戚でもない人間が問い合わせても……」

そりゃそうだよな。改めてスマホの中のホームページを見る。

「ここからだと、けっこう距離がありますね」

「ああ……二十分くらいは歩いたと思う」

ホームからここまでの帰りの道のりを思い出す。特徴のない街並みを通ることもあり、曲がるところを間違えてちょっと道に迷いそうになった。

「このマンション、変な店多いけど、ふらっと来る一見《いちげん》の客とか、いる？」

「どうでしょうねえ。うちはほとんどのお客さんが、僕のSNSやブログやYouTubeチャンネルを見て来てくれる人ばかりですね」

「え、YouTubeとかやってんの」

とことん自分と違う種類の人間だ。

「今は動画のアピール力が強いですから。まあ、こんな立地ですし、他のお店も似たり寄ったりだと思いますよ。路面店ではないですから」

大夢は考え込んだ。幽霊が散歩か道に迷って偶然あの部屋に辿り着いた、という線はかなり薄い気がする。なら、他の可能性は……？

考えられるのは、春夫おじさんが関係しているか、あの部屋そのものに「何か」がある、という線だ。

「ここに引っ越してくるとき、何かなかった？」

小石川にそう訊くと、首を傾げられた。

「何か、とは」

「ほら、不動産屋の、物件の紹介文にある『告知事項あり』とか、そういう」

「事故物件か、ってことですか？　この部屋を借りるときは、特にそういう話は聞きませんでしたよ。あ、そうだ。今はネットである程度事故物件が調べられるんですよ」

そう言うと、小石川は自分のスマホを取り出し、ちょいちょいとタップして大夢に見せてきた。

「こんなふうに、事故物件は地図の上に赤いマークが付いて、タップすると詳細が見られるようになってるんです」

「うわ、東京、まっかっかだ……」

地図は日本列島が全部表示されていて、東京は多すぎる赤いマークで完全に塗りつぶされていた。他にも、大阪や名古屋など主要都市のある場所は、事故物件マークだらけだ。

「人口が多いと、それだけ亡くなる人も多いでしょうしね。えーと、試しにこのマンションの住所を入れてみますか……」

小石川がスマホを操作すると、地図上にメゾン・ド・ミル周辺の地図がすぐに表示された。

「……マークがある」

メゾン・ド・ミルの上には、赤いマークがしっかりとちかちか表示されていた。

「古いマンションですし、病気とかで亡くなってる方がいてもおかしくないですよ」

そう言われても、身近な「死」と言えば野外での事故か病院か自宅での介護の果てに、というようなパターンしか見聞きしたことがないので、不安だ。

「どこの部屋が事故物件か、ってことも分かる?」

「登録されていれば、おそらく。……見てみますか」

ぐっと奥歯を嚙《か》みしめて、無言で頷いた。

小石川が、メゾン・ド・ミルの上でこれみよがしに点滅する赤い事故物件マークをタップする。すると、漫画のふきだしみたいに、説明文がポップアップしてきた。

『メゾン・ド・ミル404号室　告知事項あり』……404……うちじゃん！」

やっぱり。あの部屋で「何か」があったんだ！

ぞっとして思わずスマホから顔を遠ざける。

「いや、待ってください。確かにそう書いてありますけど、これ、小野寺さんが亡くなったことを指してるんじゃないでしょうか」

「ええっ？」

「あの部屋で亡くなられたんですよね。それなら、こういう表示が出てもおかしくないです」

「……他のマークにはどんなこと書いてあるんだ」

小石川はすぐ近くにあるアパートのマークをタップした。

「ここは『2018年　老人の孤独死　死後一カ月以上経過』って書いてありますね。こっちは『告知事項あり』だけ。情報の詳しさはまちまちみたいです」

小石川の言う通り、書かれている情報は見てきたような生々しいものからそっけないものまで、てんでんばらばらだった。

「そもそも、ここに書かれている全ての情報が確かかどうかも分からないですし」

「じゃあ、こういう情報ってどこで誰が調べて書き込んでんだ？」

「賃貸情報サイトに書かれていることもありますし、実際に近所に住んでいる人が書いていたりするかも」

小石川はもう一度、メゾン・ド・ミルに付いているマークをタップした。

「この『告知事項』が、春夫おじさんのことなのかどうか、どうやって調べればいいんだ」

「うーん、大家さんに訊いてみるか、もしくは長くここに住んでいて詳しい人、とか」

大夢と小石川はお互いに顔を見合わせた。おそらく、いま、同時に同じ人物の顔が浮かんでいる。

「あの管理人が、素直に教えてくれるわけがない」

先日のドアの看板のことを思い出していた。あの剣幕。どう考えても普通じゃなかった。あの時気が付いていればよかった。

やっぱりあの部屋には、何かがある。

「あの管理人さんは、確かにちょっととっつきにくい方ですけど……。でも、僕ら店子《たなこ》には、知る権利があると思いますよ。過去にこのマンションで、何があったのか」

「それ、そのままあの爺さんに言って、スムーズに説得できると思う？」

「……それは、難しいかもしれませんが」

「ほかに話が聞けそうなのは、大家の人かな……」

ここに来た初日に会った大家・林の顔を思い出す。立て板に水の関西弁で、気が付くとあの部屋に住む流れになっていたのだった。

「あの口車で、うまくごまかされそうな気もする」

「悪い方に考えすぎですよ。管理人さんだって、真剣に困っていることを伝えれば、きっと協力してくれるんじゃないでしょうか」

「いい方に考えすぎだろ」

大夢と小石川は、しばし互いにじとっと睨《にら》みあった。本当に気が合わない。

「でも……リスクを取れば、あの管理人はいろいろ教えてくれそうな気もする」

「リスク、とは?」

「怒られたり、イヤミ言われたりすること」

それを考えるとうんざりするが、しかし、人間、怒ってテンションが上がっているときは、こっちが頼んでいないようなことまで、勝手にベラベラとお喋《しゃべ》りしてしまうものなのだ。コールセンター勤めの経験により、知っている。

いちかばちかだ。あの管理人をあえて怒らせよう。大夢は「……よし」と頷くと、『BOOKS小石』を出て、向かいの404号室の鍵を開けた。

文房具がごちゃごちゃ入っている引き出しを開け、そこから金属製の丈夫そうなものさしを取り出す。

「南さん？　何してるんですか」

もう一度部屋の外に出て、ドアにへばりついている看板のわずかな隙間にそのものさしを押し込む。背中から、小石川の不安げな声が聞こえる。

「この看板の下に、絶対に何かあるんだ。そして、それはあの管理人をキレさせる……らしい」

てこの要領で、大夢は木の看板を、思い切りぐいっと手前に引っ張った。

べりん、と音を立て、看板がドアから剝がれた。

404号室のドアにしっかりと張り付いていた『他人屋』の看板が、剝がれた。

「…………！」

その下にあったものを見て、大夢の呼吸が、一瞬止まった。

「ちょ……ちょっと、ちょっと来てくれ！」

上ずった声で、思わず小石川を呼ぶ。

「どうしたんです？」

大夢は無言で、ドアを指さした。

「うわっ……なん、ですか、これ」

小石川の声も、震えた。

マンションのドアは、どっしりと重たそうな鉄製のものだ。そのちょうど真ん中に、ノミで彫り込んだような、深い傷痕が残っている。

それは、漢字で一文字、「殺」と書かれていた。

「な……なんだよ、これ。なんでこんなものが」

「い、いたずらですかね……それか、何かの間違いなんじゃ」

「何の間違いだよ！　こんなにはっきり『殺』って彫ってあるだろ」

小石川は、ドアの文字と大夢の手の中の看板を交互に見る。

「それで、隠していたんですね、この字を」

「つまり、春夫おじさんがやったってこと？」

「隠したのは小野寺さんだと思いますけど、この字を彫ったのは違うと思いますよ。違うと、思いたい。こんなことする人じゃない……」

小石川が力無く首を左右に振る。

大夢も、春夫おじさんはこんな文字を彫るような人ではない、と思う。しかし確信は持てない。親戚でもない、ただの隣人の小石川より、春夫おじさんの人となりを知らない。

「管理人は、俺が前に看板を剝がそうとしたら、理由も言わないでメチャクチャ怒ったんだ」

「じゃあ、下にあったこの文字を、知ってたってことですね」

ドアに彫られた「殺」を、じっと見た。

硬い鉄をえぐり、怨念を込めたように彫り込まれた一文字。

春夫おじさんは何十年も、この部屋に住んでいた。

「それで……どうするんですか、これ」

鉄製のドアに彫り込まれた「殺」の文字を見つめたまま、小石川が言った。

大夢は剝がした看板を手に、答えに詰まって口を引き結んだ。こんな恐ろしいものが隠されていたなんて予想していなかった。今すぐ接着剤で看板をもう一度張り付けるか、もしくは引っ越してやりたい。

「管理人が気付くまで、このままにしとくしかない。そのために剝がしたんだから」

目的は、あのイヤミな管理人がこれを見て怒鳴り込んでくることだ。怒りの隙をついて、この部屋で何が起こったか訊き出す。そういう計画だった。

でも、その事実を聞くのが、凄く怖い。

だって、絶対にろくでもないことに違いない。

「確かに、どうしてこんな文字が彫られているのか、理由は僕も知りたいですけど」

大夢は横目で小石川をじろっと見た。こいつ、けっこう好奇心が強い。他人事《ひとごと》だと思って、面白がってるんじゃないだろうな。

「管理人さんが気付くまで、この状態にしておくんですか」

「どうせ一日一回は見回りしてるんだから、すぐに気づくだろ」

「明日まで待つの、嫌じゃないですか？　南さん、何も理由が分からないまま、今日その『殺』の部屋で、落ち着いて眠れます……？」

ぐっ、と言葉に詰まる。正直、それはいい気分ではない。今まで何も知らないで普通にあの部屋で暮らしていたとはいえ、ぞっとする。

「呼んじゃいましょうよ、管理人さん。今」

そう言いながら、小石川の手にはもうスマホが握られている。

「あんたも一緒に怒鳴られるぞ」

「今日はもう一回怒られてますし、今さらですよ。ちょっと待っててください」

そう言うと、小石川はささっとスマホを操作して耳に当てた。

「あ、管理人室ですか？　僕、四階の小石川です。ええ、はい、先ほどは……。あの、それとは関係ないんですけど、向かいのお部屋、はい、404号室のドアに張ってあった看板が、剥がれてしまって……」

スマホの向こうから、はっきりと怒号がした。

スピーカーにもしていないのに、管理人の声は、スマホの向こうからはっきりと鳴り響いた。

『何やってんだアンタ!!』

小石川はびくっと肩をすくめて、スマホを耳から離した。見開いた眼で大夢を見る。

「えーと、何もしてないんですけど、ええーと、勝手に剥がれて、落ちてしまったみたいで

「……」

適当にごまかそうとした小石川の言葉をさえぎり、再び怒号が響く。

『そんなわけあるかッ!! よし、今四階に居るんだな。そこから動くなよ!』

ぷつん、と通話は切れたらしかった。

「……来るみたいです」

「聞こえてたよ……」

なんとも不穏な空気の中、二人はしばし沈黙した。

「ど、どうしましょう。凄い剣幕でしたけど」

「だから言っただろ。やばいんだよ」

どうすればいいか決めかねてドアの前でもぞもぞしているうちに、廊下の奥から、チーンという、エレベーターが停まる音が聞こえた。

「来るぞ……」

大夢が声を低くすると、ごくり、と小石川が唾を飲み込む。

ドカドカドカッと、住人がやったらまっさきに怒られそうな凄い足音を立てながら、肩をいからせた管理人が、物凄い勢いでこちらに近づいてきた。

「こらぁッ!」

びーん、と鼓膜に刺さるような大音声が、廊下に鳴り響く。あまりの音量に、他の店からも何人かが、なんだなんだとドアから顔を覗かせる。小柄な老人のどこからそんなパワーが出てくるのかと思うくらい、ものすごい声量だ。

「お前ッ！　剝がしたなそれを！　ダメだと言っただろうがあっ！」

だん！　と足を踏み下ろし、仁王立ちになった管理人は、怒りのためか顔をおでこまで真っ赤にしていた。漫画かアニメなら、耳や頭のてっぺんから白い湯気でも噴き上げていそうな勢いだ。

剝がしたての「他人屋」の看板を両手に持ったままの大夢は、自分がまさにその怒りのターゲットになっているのを、今さら自覚した。

管理人の燃える目が、大夢をギリギリと睨む。

「どうして剝がしたッ！」

管理人に詰め寄られ、ごくっと唾を飲んだ。電話回線の向こうの、顔の見えないクレーマーと対峙しているときとは違う、ナマの怒れる老人の迫力に、じわりと汗が背中に浮かぶ。

「これ……何なんですか」

自分でも情けないくらい掠《かす》れてしまっている声で、それでもなんとか、ドアに彫られた「殺」の字を指さした。

「なんでもないわっ！　それ、元に戻せ！　今すぐ！」

管理人は大夢の手の中の看板をびしっと指さす。

あんまりにも横暴だ。怯《おび》えと同時に、頭に、ぽっと怒りが湧いてきた。

「そ……そんな言い方、ないでしょ」

「なんだと？」

「そういう言い方はないでしょうって言ったんです。俺、ここの住人です。家賃もしっかり払ってる。自分の住んでる部屋のドアにこんなもん見つけたら、理由を知りたくなるのは当然でしょうが」

思い切って言い返すと、管理人が、ぐっと一瞬、引いた気配がした。

「なんでもないわけ、ないですよね、こんなの」

もう一度、ドアの字を指さす。

「……何か不便でもあるか」

「は？」

「今日までその部屋に住んでて、何か不便でもあったかと聞いとる。ないだろ。ならそのまま、もう一度その看板でもなんでもいい、何かはっつけて隠して、そのまま暮らせ」

管理人の声は、わざとらしく冷静を装っているような、噛んで含めて言い聞かせるような、そんな雰囲気になった。

「いや、そんなの納得できないです。できるわけない。言わせてもらうけど、この部屋、かなりでっかい不便がありますよ。それにコレが関係してるか、俺は知りたいんですけど」

喋っているうちに、大夢の中の怯えが少しずつ小さくなる。視界の隅の方で、小石川がスポーツの応援みたいに両拳を握り締めてぐっと胸の前でポーズをつけているのがうざったいが、少なくとも、今、自分は間違ったことは言っていないはずだ。

管理人は怒りの表情のまま、しばらくむっつりと黙っていたが、やがて大夢を睨みつけて言った。

「知ってどうする」

「だ、だから、俺は今まさに不便があって」

「どうせお前らみたいなスマホの連中は、知ったが最後、あることないことそこらじゅうに拡げるんだろう。そうなったら大変なことになるし、そのときに責任も取らない。困るのはあんただけじゃない。ここで暮らしてる全員だ」

「……」

「だいたい、知ってどうなることでもない。不便があるなら引っ越せ。誰も止めんわ」

管理人はそれだけ言うと、さっときびすを返してその場を立ち去ろうとした。

「ちょ、ちょっと待って！」

大夢は慌ててその後頭部に叫ぶ。

「この部屋にある〝問題〟を、あんた知ってるんですね。じゃいいですよ。俺がそれにがまんできなくて引っ越すとする。で、次にまた新しい人が入るでしょ。でも〝問題〟はそのまんまだ。次の人は警察沙汰とか、もっと大事《おおごと》にするかもしれない」

管理人の足がぴたりと止まった。

「春夫おじさんはその〝問題〟とうまくやってた。俺はどうだか分からない。でも、次に入る人はもっと分かんないですよ。俺がこの部屋の秘密に納得できたら、春夫おじさんみたいに、何十年もおとなしく住み続けるかも」

管理人は立ち止まったまま、無言で動かない。横で小石川がはらはらした表情で、大夢と管理人を交互に見ている。

「俺はSNSもろくにやってないし、言いふらす友達もいないし、黙ってるべきだと思ったら黙ってる」

管理人が、わずかに振り向いた。

「それだけの口約束じゃあ、おいそれとは話せん」

「じゃ、どうすればいいんですか」

「そうだな……一筆書いてもらおうか。これから話すこと、知ったこと、なんぴとたりとも外部には漏らしません、と」

「そんな、大げさな」

「大げさかそうでないかは、こっちが決める」

管理人は、大夢の目をじっと見て言った。

「覚悟があるなら、ついてこい」

「ついてこいって、どこに？」

質問には答えず、管理人はふたたびさっさと歩き始めてしまった。一瞬迷ったが、このまま逃げられてたまるかと思ったので、慌ててついていく。

すると、後ろの方でばたばたっと音がして、それから小石川が走って追いついてきた。

「おい、なんであんたまで来てんだよ。店は？」

「閉めてきました！　だって、ここまで来て謎を聞かないなんて堪えられないですよ」

あんたのはただの好奇心だろ、と苦々しく思ったが、とりあえず管理人の背中を追いかけた。

エレベーターに乗り、一階で下り、向かった先は、管理人室だった。

「なんだ、本屋の兄ちゃんまで来たのか。狭いんだよここは。あんたは戻りな」

そうだそうだ、と思ったが、小石川は負けずにぐいっと前に出てきた。

「僕の店は404号室の向かいにあります。無関係ではないはずです。だってドアのあの恐ろしい文字、部屋の中じゃなくて、こっちに向いてるんですから」

管理人は渋い顔をしたが、口が減らないとかぶつぶつ言いながら、部屋のドアを開けて顎をくいっとしゃくった。

大夢と小石川は、慎重にその小さな部屋の中に入った。確かにとても狭く、壁は全て何らかの貼り紙で埋め尽くされている。

赤や青のペンでいろいろ書き込んである大きなカレンダー、自治体が発行しているゴミ出しルールのポスター、達筆すぎて読めない数々のメモ書き。古びた固定電話の近くには、タクシー会社のチラシ、寿司、中華、ピザ屋などのチラシが貼られている。

あとは小さな椅子とデスクと、スチールのキャビネットが部屋の大半を占めていた。

管理人は「はあ、よっこいしょ……」と言いながらしゃがみこむと、キャビネットを開け、中をごそごそと探り始めた。

「言っておくがな」

ポロシャツの背中と、その下からちょっと出てしまっているパンツのゴムを見せながら、管理人が言う。

「聞いて面白い話でも、ましてや、気分のいい話でもないからな」

大夢は思わず、小石川と顔を見合わせた。

管理人は長い時間キャビネットに頭を突っ込んだあと、一冊の古そうなファイルを取り出した。

どこでも見かける青いプラスチックのやつだ。中身はぱんぱんに、何かの紙が挟まっている。

「話をする前に、さっき言った通り、きちっと一筆書いてもらおうか」

管理人はそのファイルをデスクに置くと、下の引き出しからノートとボールペンを取り出し、ペンを大夢に突き付けた。

「一筆……って、どうやって書くか分かんないんですけど。テンプレとかありますか」

「てんぷら？　わけ分かんないこと言ってんじゃないよ。自分の名前と今日の日付と、ここで見聞きしたことは一切他言しません破ったら罰を受けますとでも書いておけばいい」

「罰？　なんですか罰って」

「そんなもん後から考える。書かなきゃ一言も話さないからな」

大夢はここに来て若干、不安というか弱気な気持ちになったが、引き返すことはできない。ぶっきらぼうな字でざかざかと、管理人に言われた通りのことを書いた。

「本屋の兄ちゃんもだよ」

「え、僕もですか」

「当たり前だろ」

小石川もノートの次のページに、さらさらと署名する。

「兄ちゃん、清次郎《せいじろう》なんて立派な名前してんのか。清水の次郎長だな。え？」

管理人が小石川の署名を見て、面白そうに笑う。

「おじいちゃんがつけたんです。まさにその人のファンで」

小石川はむっとした顔でそう言った。小石川清次郎。時代劇に出てくる人みたいだ。大夢もちょっと笑ってしまう。

「ま、これであんたらの言質はいただいた。いいか、誰にも言うんじゃないぞ。いや……その前に、本当に聞く覚悟はあるのか?」

管理人の顔から笑みが消えた。青いファイルの表紙を、節くれだった指が、とんとんと叩いた。

「ここまでして、聞かないはずがないでしょ」

大夢は答えた。管理人は少し沈黙し、それからファイルを手にした。

「あんたら、トシは二十代か」

大夢は頷く。小石川は「今年で三十です」と言う。

「なら、生まれてないか、生まれていても覚えちゃいない時期だな。今からちょうど……二十五年前の事だ。もう、四半世紀も経《た》っちまったか」

管理人は、とうとうファイルを開いた。ぱらぱらとめくり、一枚の紙を外してデスクの上に置く。黄色く変色した、古い新聞の切り抜きだった。

大夢は、緊張しながらその切り抜きを手にした。

「『都内マンションで一家死亡』……」

見出しを読んだ瞬間、ぞくっとした。

「『○日未明、東京都千朝町のマンション内で男女、児童の計三人が死亡しているのが発見された。亡くなったのはこの部屋の住人Aさんとその妻Bさん、長女のCちゃんの三名。警察は一家が何らかの事件に巻き込まれた可能性があるとみて捜査中』……。この、マンションって、もしかして」

　管理人は、静かに頷いた。

「ひどい天気の日だった。こっちじゃ珍しく雷まで鳴る大嵐で、外はうるさかった。警察はそのせいで周りの人もすぐには物音やら悲鳴に気づかなかったんじゃないか、と言っていた」

「ひ、悲鳴って、じゃあこの死亡したっていうのは」

「殺人だ」

　管理人は一言そう言うと、別の切り抜きを何枚かデスクに置いた。今度は新聞ではなく、週刊誌のページのようだった。

『嵐の夜の惨劇……千朝一家惨殺事件、犯人の残した謎のメッセージ』『仕事上のトラブルで逆恨みか　犯人は被害者Aさん元部下』『喪服の幼子……一家惨殺事件、唯一の生き残り次女のあどけなさに報道陣からも嗚咽《おえつ》が』

　週刊誌らしいセンセーショナルな見出しはしかし、その時何が起こったのかを、簡潔に伝える役目は果たしていた。

「404号室には両親とまだ小さい娘さんが二人の、柴《しば》さんという四人家族が住んでいた。当時はここも、普通の家族向けマンションだった。柴さんは、わしが見る限りは、ごく普通の人だったよ」

　管理人は、ファイルをゆっくりとめくりながら言葉を続けた。

「どこにでもいる、普通のサラリーマン一家だった。柴さんちは旦那も奥さんも、顔を合わせればちゃんと挨拶するし、他の住人と揉めることもなかった。休みには一家で近所の公園に行ったりして、家族仲もよさそうだった」

ファイルには、週刊誌の記事がまだ何枚も挟んであった。モノクロだが、四人家族が並んで笑っている写真が大きく印刷されているものがある。

「殺された上の子は、小学校に上がったばかりだった。わしはもう、犯人が許せなくて、許せなくて。どうしてあんな鬼畜のような真似ができたのか、調べずにはおれなかった」

ファイルには新聞や雑誌の記事のほかにも、手書きのメモがたくさん挟まれていた。

「下の子は、偶然その夜、お泊まり保育で部屋にいなかった。それで生き残った。まだ親に甘えたい盛りだったろうに、可哀そうに……本当に、可哀そうに」

大夢と小石川は、みじろぎもできずに管理人の話を聞いていた。

想像もしていなかった恐ろしい事件が、あの部屋で起きていた。大夢はデスクの上の記事のひとつに視線を向ける。刃物でメッタ刺し……強い怨恨……そんな言葉が並んでいる。

「犯人はすぐ捕まった。記事にもある通り、旦那の部下だった。まだ若い……二十歳かそこらの、新入社員だ。たぶんお互い顔を合わせて一年も経ってない」

「それが……どうして」

大夢が問うと、管理人はふーっと息を吐いて自分の眉間を揉んだ。

「上司だった旦那が、その犯人を、かなり厳しく新人指導してたんだそうだ」

「つまり……パワハラしてた、ってことですか」

小石川が横から言う。

「何がパワハラだ。知ったふうな横文字使いよって。会社は幼稚園じゃあないんだ。仕事で上司にちっと怒鳴られるくらいは、当たり前だろうが。その程度のことをうじゃうじゃと逆恨みするような若いのが増えたから、あんなことが起きちまったんだ」

管理人はぎりぎりとこめかみに力を入れる。当時の怒りを生々しく思い出しているようだった。

事件があったのは二十五年前。大夢はまだほんの小さな赤ん坊のころだ。そして、春夫おじさんが４０４号室で暮らし始めたのが、二十年前くらい。

事件のすぐ後だ。自分だったら、そんな部屋には絶対に住みたくない……。

「伯父は、その事件を知っていて、あの部屋に住んでたんですか」

大夢が訊くと、管理人は頷いた。

「しばらくは週刊誌やらテレビやらがこのマンションに詰めかけて、ゴミ出しも満足にできないようなひどいありさまだった。それが嫌だったり、事件そのものが怖くて引っ越す住人も多かったし、当然、４０４号室はいくら家賃を下げても誰も入居しようとしなかった。そこらじゅうで有名だったからな。内装は全部リフォームしたが、借り手がつかないまましばらく空き部屋になっていた。そこに来たのが、小野寺さんだ」

二十五年前というと、二〇〇〇年代に入るか入らないか、の頃だ。当時の記憶は大夢にはもちろん無いが、春夫おじさんもまだだいぶ若かったはず。

「家賃が安いなら、どんな部屋でも気にしないと言ってな。あのドアも大金かけて取り換える予定だったが、鍵さえ換えればいい、傷は適当にテープでも貼って隠すなんて言って、実際そうやって暮らし始めた。頓着のない人もいるもんだと思ったよ」

春夫おじさんなら言いそうなことだ、と思ってから、実際の春夫おじさんのことをほとんど知らないことを、大夢はまた思い出した。

知っているのは、あの、汚くはないけれど乱雑な部屋と、几帳面なのかそうでないのか分からない、膨大な数の日誌。ここに引っ越してきてから聞いたいくつかの、生前のおじさんのエピソード。

そこから浮かび上がるのは、確かに、あまり細かいことは気にしなそうな、ひょうひょうとした人間の姿だった。

「小野寺さんがあの部屋で暮らし始めて、取材やらなにやらもめっきり減った。みんな他の事件に興味が移って、あそこで殺された一家のことは、あっという間に忘れられていった」

大夢の横で、小石川が何かを指折り数えている。

「何してんの?」

大夢が訊くと、小石川は自分一人で納得したようにふむふむと頷く。

「二十五年前だと、インターネットの巨大掲示板とかもできたかできないか、くらいの時期ですよね。当時よくあった個人サイトも、大手の無料サービス終了と一緒に今はもう消えてしまったものが多いですし、だからネットにも情報がそんなに無い事件なのかも、と思って」

「あんた、けっこうオタク……？」

「サブカルチャーにはあんまり詳しくないから、僕はナードというよりギーク系ですかね」

「何ごちゃごちゃ言ってんだ」

管理人が不機嫌そうに声を荒らげる。

「スマホだのネットだの……。あれがまだ今みたいにサルでもアメンボでも使ってる時代じゃあなかったのは、不幸中の幸いだったかもしれん」

それは確かにそうかもしれない、と大夢は思った。もし、404号室で起きたような悲惨な事件が現代にあったら、ネットであっという間に拡散される。それだけならテレビも週刊誌も新聞も同じかもしれないが、カメラやスマホ片手に「現場」に突撃してくる素人配信者が大勢湧いていたはずだ。

「小野寺さんは、得体は知れんが、いい店子だった。ゴミの分別もちゃんとしてたし、静かに暮らしていた。あの人が普通の顔であそこで暮らしていたおかげで、他の住人もだんだん落ち着いてきた。ただ、どうしても増えた空き部屋を埋めるために、入居審査の基準はだいぶ緩くなった。そしたら、奇妙な店をやり始める連中がなぜか増えて来て……こういう塩梅《あんばい》になったんだ」

大夢は横の小石川を見たが、小石川は他人事みたいに頷いているだけだった。

「……伯父は、本当に静かに暮らしてただけなんですか。何か……あの部屋で、何か変なことがある、みたいな話はしてなかったですか」

事件は二十五年前。春夫おじさんが404号室に住み始めたのは約二十年前。日誌に幽霊が出てきたのが、十年前。

幽霊の存在がその事件に関係しているのかいないのか。それをつきとめないといけない。

「ないね」

管理人は、にべもなくそう答えた。

「小野寺さんはここの一番くらいの古株だったが、不平不満を聞いた記憶は一度もないね。いつも静かに微笑《わら》ってるような、そういう人だった。宮沢賢治の、なんてったっけか、あの……詩みたいな。まあどうせ、あんたらには分からんか」

「それくらい分かりますよ。『雨ニモマケズ』でしょう。教科書で習いましたよね?」

小石川が同意を求めてくる。

教科書どころか、東北のトップクラスの有名人である。いつ最初にその名前を聞いたのかすら、よく覚えていない。もちろん賢治は大夢の出身地の宮城県ではなく岩手県の人間だが、ひとたび東北を出れば、関東人や関西人に「宮城県出身？　じゃあ、宮沢賢治で有名なところだ」という言葉を何度も浴びせかけられる。

しかし、わずかな実際の記憶と少し増えた印象の中の春夫おじさんは、確かに宮沢賢治の詩がしっくり来そうな人ではあるな、と思った。

「あの、伯父はあの部屋、家賃いくらで借りてたんですか」

「そこまでは知らん。オーナーとの契約だからな。かなりの底値だったはずだ。それでも曰《いわ》くつきの部屋を空き部屋にしておくよりは、ずっとましだからな」

「……五万円より安かった可能性って、あると思いますか？」

「どうだかな。あるかもしれんな。この辺り、もともと家賃相場が都内にしちゃあ安いしな」

大夢の頭に、あのやたら元気な大家の顔が浮かんだ。かなりの安値でお得に住める、みたいなことを言っていたが、おそらく、今の大夢が支払っている家賃は、春夫おじさんのときより、ちゃっかり値上げをされている。

都内のこの場所、あの広さの部屋に五万以下で住む。春夫おじさんはおそらくそのおかげで、きっちりした就職をしなくても生きてこられたのだろう。光熱費だって、都市ガスだし節約すればかなり低く抑えられるはず。『他人屋』のあのこまごました仕事でも、家賃が安ければなんとか生計は成り立ちそうだ。

それでも十年前までは、春夫おじさんは主に外で働いていた。十年前にも、何かあったのだ、たぶん。

「十年くらい前のことって、覚えてますか」

大夢が言うと、管理人は頭をひねった。

「十年？　なんでだ」

「いや、伯父があの『他人屋』っていうのを始めたのが、そのくらいの時期らしくて。どうしてそんな商売を始めたのか、よく分からないんです。俺が知るかぎり、伯父は客商売をすすんでやるようなタイプの人じゃなかった。無口で……すごく無口で、なんにも喋らない人だったから」

毎日がお祭り騒ぎのお喋り大好き集団である小野寺一族の中で、注目の的になるくらい静かで無口だった春夫おじさん。それが、どうして変わったのか、理由がまだまるで分からない。

「そりゃ奇妙だな。確かに物静かな人だったが、挨拶すりゃ返ってきたし、世間話くらいはしたよ。……そういえば、あんた、確か宮城の出身って言ってたな。小野寺さんもか？」

大夢は頷く。

「そういやあ、地元の話はほとんどしなかったな。こっちもあえて詮索はしなかった。まあ、東京には、そういう人間がたくさんいるからな」

「そういう、って、どういう？」

「故郷を棄《す》てて、しがらみも棄てて、ここで新しい人間になろうと決めて、覚悟して上京してくる人たちだ。生まれかわったつもりで、違う人生を東京でやりなおそうとする人だな」

「あんたも、そういうくちじゃないのかい。そんくらいの若さなら、こっちでいくらでもやりなおしができると思って上京してきたんだろ?」

「…………」

「別に……そんなんじゃないですよ」

そうは言ったが、それが正直な自分の気持ちなのか、大夢自身にもよく分からなかった。

「そこまで親しくしていたわけじゃあないから、小野寺さんの詳しい事情までは知らん。でも……商売を始めるって申し入れをしたあたりのことは憶えてるな。『いろんな人が気軽に来られる場所にしたい、赤の他人じゃなきゃ頼めないようなことを引き受ける仕事がしたい』……そんなふうなことを言ってたな、確か」

いろんな人。その中には、もしかしてあの幽霊も含まれていたのだろうか。

「あの、こんな感じの人、見たことありますか」

大夢はジェスチャーで、前髪で顔が覆われた幽霊の姿を表現しようとした。

「こう、顔が長い髪の毛で全部隠れてて、ひょろっとしてて、汚いスウェット着て、ふらふら歩いてる人。よく、来てるはずなんです」

「さあね」

管理人は肩をすくめる。

「かなり頻繁に来てるはずですよ。ほんとに知らないんですか？」

「わしゃこのマンションの管理人で、警備員じゃない。ここは普通のマンションより人の出入りも多いしな。妙な風体の人間なんていちいち気にしてたら、仕事にならん」

にべもない。

「――小野寺さんが亡くなったと聞いたとき、わしは心底恐ろしくなった。また、あんな事件が起きちまったんじゃないかと思ったからな」

管理人は、ふたたびファイルの上に手を置いて、呟《つぶや》くように言った。

「伯父は病死です。それははっきりしてると思います。事件性は無いって、警察も言ってたはずです」

「それでも、だ。あの人は誰かに恨まれるような人には見えんかった。だがそれは、柴さん一家も同じだ。まして、小野寺さんは他人を相手に、あんな奇妙な商売をしてたんだ。客の中によからぬ奴がいてもおかしくない。……本屋の兄ちゃんだって、気を付けないと何があるか分からんぞ」

急に話をふられた小石川が、驚いた顔をする。

「う、うちのお客さんは大丈夫ですよ。みんないい人です」

「誰だって、誰かにとっちゃいい人なんだ。他の誰かにとっちゃ鬼みたいな奴でも」

デスクの上の切り抜きの中で、黄色っぽく変色した柴一家の笑顔の写真が、奇妙に浮き上がって見えるような気がした。

大口を開けて笑っている、いかにも快活そうな父親。大人しそうな雰囲気の母親。その腕に抱かれている、まだ赤ん坊と言っていい小さな子と、膝にしがみついて笑っている女の子……。

「……この、一番小さな子は被害に遭わなかったんですよね」

大夢は切り抜き記事の写真を指さす。

「そうだ。今はもう……三十手前くらいの立派な大人になってるはずだ。事件の後は、親戚に引き取られたって聞いたな。当時だと物心つくかどうかの年頃だが、両親や姉ちゃんの記憶は、ちゃんとあったろうよ。可哀そうだよ、本当に」

大夢の頭の隅に、もやもやした塊が湧いてきた。ただひとり生き残った小さな女の子。今は三十歳前くらいの歳《とし》。

「その、生き残った子って、東京にずっと住んでるんですか」

「そんなことまでは知らん。ただ、幸せに生きていてほしいね。どっか遠い土地で……どこでもいいが、本当に幸せになっていてほしいよ」

管理人の声は、まるで目の前にその本人がいるかのように、優しく言い聞かせるような雰囲気だった。

「あんたらも、生きてりゃ腹の立つこともあるだろう」

そこから突然、真正面からじろっと目を見据えられて、大夢は慌てた。

「ま、まあ、それは」

「わしも腹の立つことなんざ、腐るほど経験してきた。相手をぶちのめしてやりたい、殺してやりたいと思ったことも一度や二度じゃあない。こう見えてもな、若い頃ぁそれなりに血の気が多かった。人間誰でも、そういうことはあるだろう」

こう見えても、というか、血の気の多い管理人の姿は、大夢にも容易に想像できた。若い頃は、さらに迫力があったのかもしれない。

「この事件の犯人も、本人にとっちゃ言い分はあったんだろう。柴さんがひとつも罪のない人間だとも思わん。そんな人間おらんからな。だがな、殺しちゃあだめだ。当たり前の中の当たり前な話だがな、そこを踏み越えちまう奴がいる。どんな事情があろうが、どれだけ腹が立っていようが、他人の命を奪う理由にはならん。殺したらおしまいなんだ。いいか、それも、小さな子どもを傷つけて殺すに値する道理なんかな、この世にただのひとつも無い。ひとッつもだぞ」

どん、と、管理人の拳がデスクを叩いた。

「あの部屋は、可哀そうな部屋なんだ。気味悪く思ったり怖く思うのはしょうがない。だが、それを面白半分に吹聴したり小ばかにするのは、わしが許さん。絶対にだ」

第七章　他人屋とゆうれい

管理人室から四階まで戻る間、大夢と小石川は無言だった。

「あの」

『BOOKS小石』のドアの前で、小石川はやっと口を開いた。

「ちょっと、うちでお茶でも飲んでいきませんか。コーヒー、奢《おご》りますから」

大夢は少し迷ったが、結局、頷《うなず》いた。今さっき見聞きしてきたことを、あの部屋――404号室の中で一人で思い起こすのは、嫌だと思ったからだ。

「なんだか……思った以上に、凄いお話でしたね」

店の中に入り、さっきと同じソファになんとなく腰をおろす。小石川はカウンターの奥に入り、コーヒーの用意をしているようだった。

「僕も、確かにこのマンション、駅近で店舗OKでこの広さにしては家賃が安いなあ、とは思ってたんです。建物が古いからそのおかげかな、ってスルーしてたんですけど……まさか、向かいの部屋でそんなことがあったなんて」

ホットコーヒーのカップを二つ持って、小石川は大夢の向かいのソファに座った。

「殺人事件なんて、そんなことがこんなに身近なところで起きてたなんて、少しも考えてませんでした」

それは大夢も同じだった。

でもその時、ふと、頭の中に大きな木の看板が浮かんできた。川上老人の物置にあった、居酒屋『だるま』の看板だ。

普通に暮らして、普通に店を構えて、それがつまらないことがきっかけで放火され、看板以外は全て灰になって消えてしまった。川上老人が語ったその顚末《てんまつ》を、大夢は唐突に思い出していた。

恐ろしいことも、辛いことも、無縁でいられる場所なんて、ないのかもしれない。どこの街にも、誰の人生にも、想像もしなかったことが待ち受けている可能性がある。

大夢は、ほぼ無意識に「自分の人生には大きなことは何も起こらないだろう」と考えていた自分に気が付いた。そんなことは誰にも分からないのに、自分には一生、面白いことも素晴らしいことも起こらないのと同時に、悲惨なことも起こらないと、根拠なく思い込んでいた。

未来のことなんて、誰にも予想できないのに。

小石川から受け取ったカップで手のひらを温めながら、暗い気持ちになっていた。

なんだか急に、人生ってやつがひどく恐ろしく、心もとないものに思えてきた。

「うーん……やっぱり、ネットでは詳しい情報はそんなに見当たりませんね。管理人さんが言ってた通り、会社で繰り返し叱責されて恨みをつのらせていた、というのが、犯人の動機みたいです」

顔を上げると、小石川がすいすいとスマホをタップしていた。

「犯人、捕まってんだよな」

「死刑判決、出てます。執行はまだ」

「……大事件だったたんじゃん。なんで俺もあんたも知らなかったんだ」

小石川はスマホをソファのひじ掛けに置いて、うーん……と長く唸《うな》った。

「ほんとですよね。でも、僕たちが知らないか忘れているだけで、こういう事件って、本当はたくさんあるんだと思います。ちょっと調べただけでも、同じ年に起きた殺人事件のことが、ずらっと出てきます」

嫌だな、と大夢は思った。

でも、確かに今までニュースや何かで、数えきれないくらいの殺人事件を見聞きしていたはずだ。そのほとんどを、まったく覚えていない。人が死ぬなんて、大変なことなのに。

「もうその事件のことは、この近所の人ですら話題にしてないってことだよな。あんたも今日まで知らなかったっていうんなら」

「そうですね……。たぶんですけど、特にこういう、動機もはっきりしてて、犯人もすぐに捕まって、死刑も確定してしまってという事件は、遺族の方とか関係者の中以外では……なんとなく、〝もう終わったもの〟って感じが、してしまうのかもしれません」

大夢はまた、嫌だな、と思った。

「すげえ嫌だ」

「うん……そうですね。僕も、自分で言ってて、すごく嫌だと思った」

404号室の事件が、まだ〝終わってない〟人間も、どこかにいるはずなのに。きっと。

深呼吸をしてから、口を開いた。

「ぜんぜん、ただの予想っていうか、思い付きの話なんだけど……」

ゆらゆら動くコーヒーの湯気を見つめながら、ぼそぼそと、言葉を重ねる。

「事件で一人だけ生き残ったっていう子……その子が、あの幽霊なんじゃないかって、思って……」

確信の持てない考えは、口に出しても語尾が小さくなっていく。

とっぴょうしもない思い付きだ。小石川の反応が気になった。笑い飛ばされたら嫌だ。

しかし、小石川は口元に手を当て考え込むような仕草をして、なるほど、と言った。

「その、生き残った女の子、今は三十歳の手前くらいの女性になってるってことですよね。幽霊さんは、そんな感じの方なんですか？」

「いや……年齢とかは分からん。顔がぜんぜん見えなかったし。とりあえず、十代とかではなさそうだし、六十とか七十でもない……と思う」

コーヒーを啜《すす》る。しまった、別の飲み物にしてもらえばよかった。奢ってもらっておいて何だが、やはりあんまり美味《うま》くない。

「二十五年前に保育園に通っていたくらいの小さな子が、家族を亡くして、今、その現場に何かの事情で通ってきている……ということですか」

「今、っていうか、たぶん十年前くらいから。おじさんの日誌に幽霊の話が出てくるのが、そのあたりからだから」

「ええと、ちょっと整理しましょう。小野寺さんがこのマンションに住み始めたのが、だいたい二十年と少し前。幽霊さんが404号室に現れたのは、約十年前。幽霊さんが生き残りの娘さんだとすると、この間の十数年は、どうしていたんでしょう」

「どうしてって、そんなことは分かんないけど——」

大夢の頭に、ぱっと『グループホーム　もーにんぐ』の看板が浮かんだ。精神障害を持っていたり、生活に問題を抱えている人たちが暮らしている施設。

「グループホームで暮らしてるってことは、なんかあったってことだよな」

その〞なんか〟がどういうものなのかは、大夢はうまく想像できなかった。

「一人で、もしくは家族と生活するのが難しい事情がある方なのは、おそらく間違いないと思います。あとはそれまで介護していた家族が亡くなったり、高齢などの事情で介護ができなくなってしまった、とか。……南さんは、どうして幽霊さんがその……生き残った子だと思ったんですか」

小石川が言う。

「どうしてっていうか……ただのカン、みたいなやつだけど」

本当はいろいろな理由が頭に浮かんでいたが、それをまとめて分かりやすく言葉にするのは、大夢にとっては難しかった。

『わたしがここにいないとき、誰かが死ぬ』

幽霊が、ノートに書いた言葉。

あの時はただ恐ろしいだけだったが、もし大夢の予想が当たっているのなら、なぜあんなことを書いたのかも理解できる。

幽霊はおそらく、春夫おじさんが死んだとき、あの部屋に居なかった。二十五年前の事件が起きたときも、部屋には居なかった。だから、そのことをそのまま書いたのかもしれない。

目を伏せて、想像しようとした。保育園に通っているくらいの年齢で、家族が一晩でみな居なくなってしまう、ということを。

その頃の記憶は、自分の中にはあまりない。でも、小さい頃は兄の弘樹とよく遊んでいたはずだ。写真も残っている。

子どもの頃は、兄も今みたいに小うるさい四角四面な人間じゃなかったし、父親もまだ家に居た。

記憶にある今までの人生と同じように、幼少期も特に輝いていたり喜びに溢《あふ》れた日常があったわけではないと思う。それでも、断片的な思い出には、笑いながら庭を駆け回る自分と兄の姿や、今と変わらずばかでかい母の笑い声が残っている。

それが突然、断ち切られたら。

「南さん」

小石川の声に、はっとして顔を上げる。

「あの、大丈夫ですか。今夜」

「今夜って……なにが?」

「あんな話聞いたあとで、あの部屋で過ごすの、怖くないですか。しかも一人で……」

小石川の視線が、廊下の方へ向けられる。

店の出入り口からは、404号室のドアが見える。そこは先刻、大夢が看板を剝がしたそのままになっていて、傷で書かれた「殺」の字が、しっかりとこっちを向いていた。

「たぶん、平気。だと思う」

ドアを見ながら、大夢は言った。

「凄いですね……南さん、怖い話とかも平気なタイプですか？」

首を横に振る。それどころか、大の苦手だ。子供向けの怪談だってごめんこうむりたいくらい、ホラーだの都市伝説だの本当にあった怖い話だのは、遠ざけたい、大嫌いなものだ。

でも、あの扉の向こうにあるものが「ホラー」だとは、今の大夢には思えなかった。

「不謹慎かもしれないけど、僕なら一人であの部屋で眠るの、怖くて無理かもしれない。悲惨な事件を、勝手に怖がっちゃいけないとも思うんですけど……。南さんは、強いですね」

そう言ってから、小石川ははっとしたような顔で、自分のエプロンに付いている飾りの一つを外した。

「あの、これ、貸します。持っててください」

すっと差し出されたのは、丸くて青い小さなブローチだった。ガラス製で、おはじきを一回り大きくしたくらいのサイズで、青・白・黒で目玉のような模様が描かれている。

「なに、これ？」

「これは『ナザール・ボンジュウ』という、トルコの魔よけです。友達が旅行のお土産にくれたんですけど、災いをはねのけてくれるんだそうです」

大夢は、深い青色の小さなそれをまじまじと見た。

「いや、お守りとかそういうの、俺は信じてないから。ほんとに効果あると思う？　それ系のやつ」

「こういうのはね、効果とか、スピリチュアルを信じる信じないではなく、心の支えです。友達が僕を思ってプレゼントしてくれた、そのことがこのお守りのパワーなんです」

「じゃ余計に、俺には効果ないでしょ。その友達、俺の友達じゃないし」

「だから、僕から南さんに貸すんです」

「あんたも友達じゃないし！」

思わず大きい声でそう言うと、小石川は不満げな顔をした。

「それに、はねのけたいとか思わないから、いいよ。マジで大丈夫」

それから大夢は少し考えて、「気持ちだけもらっとく」と言った。


「殺」の文字が彫り込まれたドアの鍵を開け、404号室に入る。

中は、当たり前だがしんとしていた。明かりをつけると、いつも通りの、結局ほとんど片付けていない大荷物の山が白い光に照らされる。

二十五年。とんでもない大昔だ。

それでもここで、事件はあった。

大夢はぐるっと部屋の中を歩いてみた。段ボール箱の迷路のせいで掃除が行き届かないからか、あちこちに小さな埃の塊がある。

キッチンは使われた形跡があり、ゴミ箱にカップラーメンの空容器が捨ててあった。

もし人生がゲームなら、ここはたぶん、選択肢が表示されている場面だ。

大夢は、今自分にどんな道があるのか考えてみることにした。

A・引っ越す
B・このまま暮らす
まずAを選ぶとすると、初日と同じ「春夫おじさんの遺品をどうするか」「引っ越し資金をどうするか」の問題がまた出てくる。どちらも、今の大夢にはやっぱりすぐには解決できないものだ。

Bを選ぶ。そうなると、さらに「幽霊をどうするか」という問題が出てくる。

ここはもう自分の部屋なのだから来ないでくれ、とストレートに頼めば聞き入れてくれるだろうか。無理な場合は、あの『グループホーム　もーにんぐ』の職員に間に立ってもらうとか。

もしそれで幽霊が来なくなり、平穏な一人暮らしを取り戻したとする。

食料の減りや無駄な光熱費、プライバシーの侵害に怯《おび》えずに静かに生活できる。

でもそうしたら、あの幽霊はどうなるのか。

キッチンの壁にもたれかかり、大夢はもう一度、ぼんやりと部屋の中を見回す。

もうひとつの選択肢があることに、急に気付いた。

身体を起こすと、応接間コーナーに行き、そこの棚をごそごそ漁《あさ》った。予想通り、まだ使っていないノートが何冊もある。

応接テーブルの上にそのノートを広げ、一ページ目に大きな字で、はっきりと書いた。

『あんたのことを教えてほしい』


次の日、大夢はいつも通りに仕事に行った。

ドアの字は、ちょっと考えて、とりあえず部屋にあった新聞紙を適当にテープで貼って隠した。小石川はともかく、『BOOKS小石』に来た何も知らないお客さんを驚かせても悪いと思ったし、また管理人にどやされるかもしれない。

何より、今日もおそらく来るだろう幽霊は、あれを見たくはないんじゃないかと思った。

「あら、今日は元気そうじゃない」

隣の席の西沢さんが、いつものように明るく声をかけてくる。

「はい、なんとか……」

「よかったよかった。元気が一番よお。さ、今日も気合入れて働きますか！」

コールセンターのクレーム係という仕事に、どうやったらそんなにポジティブに向き合えるのか、いまだにさっぱり分からないが、西沢さんは確かにいつも元気だ。けっこう大変そうな人生を送っているみたいなのに。

人は見かけでは分からないものなんだな。どういう人なのかも、どんな暮らしをしてきたのかも、心の奥では何を考え、どういう経験をしてきたのかも。

普段と同じように仕事をしながら、大夢は通話していない暇な時間、オフィスの中を改めて見回してみた。代わり映えのしない、いつもの部屋、いつもの人たち。でもこの場所も、この人たちも、昔に何があったかは見ただけでは分からない。

今日もアンドロイドみたいにぴしっとした上司の中島が、デスクの横を足早に通り過ぎていった。中島さんも、もしかしたら見た通りの人ではないのかもしれない。自宅ではすごいだらしなかったり、予想外の趣味を持っていたり、するのかもしれない。

俺はどうだろう。インカムのコードをいじる自分の手を見る。

何の変哲もない人間だ。何の変哲もない人生だ。見た目も何もかもが地味な男で、平凡で。

「平凡か」

独り言が、口からぽろっと出た。自分では平凡なつもりだけど、でも、他の人と同じにはなれない。なれていない。俺も見た目からは分からないものを持っている。

誰にでもそれはある。たぶん、あの幽霊にも。

家に帰るまでの道のりが、いつもと違って見える気がする。

焦っているような、緊張しているような、でも不愉快な感じはしない。

今日、あの部屋に帰ったら、あのノートに何かが書いてある。その確信があった。幽霊は今日も部屋に来ただろうし、来たなら、ノートを絶対に無視はしないはずだ。なぜか強くそう思った。

普段ならだらだら歩いて通り過ぎる千朝銀座の商店街を早足で駆け抜け、大夢はメゾン・ド・ミルに到着した。

管理人室を横目でちらっと見ながら通り過ぎ、エレベーターに乗る。

部屋の鍵を開け、一度深呼吸してから、中に入る。

明かりをつけると、応接テーブルの上に、ノートはあった。朝部屋から出たときは開いてあったそれが、閉じられている。近くにボールペンが一本、転がっていた。

ごくり、と唾を飲み込んで、大夢はソファに座り、ノートを手にした。

一ページ目には、自分の書いた、あまりうまい字ではない『あんたのことを教えてほしい』という言葉が書かれている。それをめくる。

『わたしは幽霊』

『ここはわたしの部屋』

見開きの両面を使って、一ページに一言ずつそう書いてあった。

次のページ、さらに後ろのページもぱらぱらとめくってみたが、もう何も書いていない。

大夢はがっかりした。あてが外れた。もっと長々と、幽霊の正体や考えていること、この部屋に来る目的などが書かれているはずと思ったのに。

「うーん……」

テーブルの上を見ると、ずっとそこに置きっぱなしになっている菓子鉢の中に、飴玉《あめだま》の空の袋がいくつか入っているのに気が付いた。幽霊が舐《な》めたのかもしれない。

そうだ。大夢はすっくと立ち上がると、財布だけ持って急いで外に出て、一番近い百円ショップに飛び込んだ。

飴、スナック菓子、小さいバウムクーヘン、クッキー、豆菓子……レジの近くに置いてある見慣れないメーカーの安いお菓子を、まとめて買った。

次の日。大夢は応接テーブルに同じようにノートを広げペンを置き、さらに百円ショップで買った菓子類を並べてから仕事に行った。

五百五十円の予定外の出費だ。それに見合った結果があってほしい。

緊張しながら帰宅し、ドアを開けると、そこにはやはり、明らかに人が居た痕跡があった。ノートは閉じられ、テーブルの上には空になったスナック菓子の袋が散乱している。見た目に似合わずよく食う幽霊だ。

大夢は上着も脱がずにソファに勢いよく腰をおろすと、ノートのページをめくった。

『ハルオがもういない　ハルオも幽霊だと言っていたのに　いなくなってしまった　お前も幽霊か?』

見開き二ページを使って、そう書かれていた。

「春夫おじさんが、幽霊?」

想像していなかった言葉に、大夢は驚いた。春夫おじさんは自ら幽霊だと名乗った、らしい。何のために？

幽霊のこの短い文章を信じるなら、春夫おじさんは自ら幽霊だと名乗った、らしい。何のために？

大夢はボールペンを手にし、しばらく迷ってから、次のページにこう書いた。

『俺は幽霊じゃない　春夫おじさんも幽霊じゃない　あんたも本当はふつうの人間で　幽霊なんかじゃないんだろう？　あんたはどこの誰なのか　どうしてこの部屋に入ってくるのか　俺はそれが知りたい』

書き終わったそのページをしっかり広げ、テーブルの上に置く。

こういうのって、なんだっけ。交換日記。あれみたいだ。古いドラマとか漫画で見たことがあるけど、実際にやってる奴なんてもういないだろう。

次の日も、仕事から帰ると、残りの菓子の空袋と一緒に閉じたノートが置いてあった。

『わたしは幽霊』

新しく書いてあるのは、それだけだった。

「くそ、振り出しに戻っちゃったな」

頭をがりがり掻きながら、大夢はノートを見つめた。どうやったら、こっちの知りたいことを書いてくれるんだ。

文章は苦手だ。文字で他人とこんなふうにやりとりすることなんて、普段もほとんどしていない。家族とのＬＩＮＥは最低限のやりとりだし、友達はいない。

大夢は、目の前のドアを見つめた。

ノートを手に部屋の外に出ると、ちょうど小石川が廊下のスタンド看板を片付けているところだった。

「おや、こんばんは南さん。今からお出かけですか」

「いや……そうではないんだけど」

相談できそうな相手がこの目の前の男しかいない、という現実に、大夢は自分でちょっとショックを受けていた。

もちろん、自分のことは自分で分かっているから、自分が友達もいなければ頼れる相談相手みたいな存在もいないのは知っていたけど、マジでいないんだな、というのを、改めて確認してしまったからだ。

「あんた……文章とか書くの、得意？」

「ええ？　どうでしょう。得意かどうかは分からないですけど、嫌いではないですよ。たまに友達のＺＩＮＥに寄稿しますし、自分でもＳＮＳやブログで発信はしてますし。あ、ＺＩＮＥっていうのはいわゆるミニコミ誌で」

何か長い説明が始まりそうだったので、慌ててノートを小石川の目の前に突き出した。

「これで、幽霊とやりとりしてるんだけど、何をどう書けばこっちの知りたい話が聞けるのか、分からん」

小石川はノートを手に取ると、ぱらぱらとめくって中身を読み始めた。

「幽霊さんは、小野寺さんのことを書いてますね。もしかすると、幽霊さんのほうも、小野寺さんのことを知りたいのかも」

「そんなこと言われても、俺だって春夫おじさんのことなんてほとんど知らないんだよ。直接話したのだって一回くらいだし」

「どんな話をしたんですか」

「それが……思い出せないんだよな……。けっこう前だし。祖父《じい》ちゃんの葬式で、確かに何かを喋《しゃべ》ったはずなんだけど。たぶん、あんたのほうが春夫おじさんに詳しいと思うよ」

「じゃあ、僕が知っている小野寺さんのエピソードを書けば、幽霊さんは喜びますかね」

「喜ばすためじゃなくて、俺はあの幽霊がどういう奴で何の目的でここに来るのかが知りたいんだよ」

「でも、まずはちょっと仲良くならなきゃ。小野寺さんのことや、南さん自身のことも書いてみましょうよ。幽霊さんと、距離を縮めるんです」

小石川はノートを手にしたまま、にっこり笑った。

『BOOKS小石』のソファ席でノートを広げ、大夢は険しい顔をしていた。

「俺のことを書くって言ったって、なんもないよ、特別に書くようなことは」

「何もないってことはないでしょう。趣味とか、興味のあることとか書いてみたらどうでしょう」

「どっちも特にない。……本当に意味あるの？　そんなこと幽霊に教えて」

「仲良くなるのに自己開示は大切ですよ。こっちが何も見せないのに相手には見せろっていうのは、それはフェアじゃないです。うまくいかないです」

そう断言する小石川の言葉は、説得力がある気もしたが、それでも小さな拒否感がある。考えてみれば、学校でやらされた作文とかも嫌いだった。読書感想文はまだまし（本のあらすじで八割埋めて、最後に「とても考えさせられました、面白かったです。」と付け加えればよかったから）だが、夏休みの日記だの自分の思ったことを書けだの、そういうのがとにかく苦手だった。

「マジでなんもない。出身地と学歴とか書いとけばいいんじゃねえの？」

「そんな、履歴書じゃないんですから」

「じゃ、あんたなら何書くんだよ」

「僕はいっぱいありますよ、僕自身について言いたいこと。ノート一冊じゃ足らないかも」

信じられん、という顔で大夢は小石川を見た。

ボールペンを握り直し、白紙のページの一番上に小さい字で書く。「南大夢　宮城県仙台市出身」そこで手は止まってしまう。

「じゃあ、僕が南さんにインタビューします。その内容を書いてみてくださいよ」

小石川が、いいことを思い付いたというふうにぽんと手を叩く。

「定番の質問からいきましょう。好きな食べ物は？」

「小学生か？」

「そういうのでいいんですってば。何かあります？」

「……牛丼？」

特別大好きというわけではないが、一番最初に浮かんだのがそれだった。小石川にうながされ、しぶしぶそれをノートに書く。好きな飲み物……ジンジャーエール、好きな色……灰色、好きな季節……秋、好きな動物……犬。ノートは次第に埋まっていく。

数十分後。ノートは大夢に関するさまざまな〝回答〟でページが埋まった。

本当に、小学校のころに主に女子が熱心にやってたプロフィール帳みたいだ。

「いいじゃないですか。じゃあ、ここに僕が小野寺さんについて知っていることを書き足しますね」

小石川はボールペンを握ると、次のページにさらさらとあのクセのある字で迷いなく書き始めた。

『――小野寺さんは僕に何度かあなたのことを話しました。うちで冬物の上着を買っていったこともあります。きっとあなたのためです。若い人が好きなお菓子を訊《き》かれたこともあります。

それもきっと、あなたのためだと思います。小野寺さんが亡くなり、僕もとても悲しい。その日、たまたま店を閉めていました。開けていたら、たぶん気付くことができたのに。ずっと後悔しています。』

そこまで書いて、小石川はペンを止めた。

「……いい人だったな、小野寺さん」

独り言のようにそう呟《つぶや》くと、洟を啜ってから、ボールペンを大夢に渡した。

「締めの言葉は、やっぱり南さんが書いたほうがいいと思います」

大夢はペンを受け取り、またノートを見た。

それからしばらく考え込んで、

『あんたのことを教えてほしい』

と、また書いた。そしてもうちょっと考えて、その後ろに、

『あんたが知ってる春夫おじさんのことも』

と付け加えた。

「南さん的には、これからどうするつもりなんです」

「これからって？」

「幽霊さんと交流して、その先の話です」

その先。大夢の頭に、今の仕事の研修で聞いた言葉がぽっと浮かんだ。

『お客さまが求めるのは実はお金を得することではなく、納得なんです。お客さまの納得とこちらの得を両方得られる、その落としどころを探るのもオペレーターの大切なスキルです』

「……落としどころを探す」

「落としどころ。幽霊さんと、南さんのですか」

大夢は頷く。白黒はっきりつける選択肢は、どれも不可能か寝覚めが悪い。なら違うものを探すしかない。


びっしり書き込んだノートを置いて仕事に出かけ、頭の隅にそのことを置いたまま、昼休みに入る。

大夢は30円引きのシールの付いたおにぎり二つとゆで卵を休憩所のテーブルに並べて一人で食べていた。最近はコンビニでも消費期限の近い食品を割引販売していて、助かる。

透明バッグに入れていたスマホが、ぶるっと震える。ＬＩＮＥが届いた表示が出ている。アイコンは、母親のものだった。だるいなあと思いながら、一応開く。

『元気してる？　ごはん食べてる？　物が腐りやすい季節だから気を付けてネ！　たまにはお兄ちゃんに連絡してあげてください。はげましてて！』

ちかちか動く猫の絵文字がたくさん付いた文章を読みながら、おにぎりを食べ続ける。励まして、ということは、兄貴はまだ婚活問題で落ち込んでるのか。

自分が励ましても、兄の弘樹は絶対に喜ばないという確信がある。それどころか、弟から励ましなんて受けたら、あの蔵王山《ざおうさん》より高いプライドにカチンときて、余計に機嫌を悪くするという結果しか見えない。

曲がりなりにも家族として二十年以上付き合ってきた自分でも、兄は扱いにくい人間だし、何を考えてるか分からない人間だと思う。婚活しているということは、いろんな初対面の女性と会ったりしてるんだろうけど、そういう場面で相手に気に入られるような、フレンドリーな態度があの兄にできるとも思えなかった。

『仲良くなるのに自己開示は大切ですよ』

昨日の小石川の言葉を思い出す。

自分が書いたようなプロフィール帳、兄貴も婚活サイト？　相談所？　そういう場所で書いたりしたんだろうか。

兄貴のこともほとんど知らないな。兄貴も俺のことなんてほとんど知らないだろう。大夢はそう思う。

俺の人生はずっとそれだ。周りにいる誰のこともよく知らないし、その人たちも俺のことをよく知らない。俺自身にすら、俺のことはよく分からない時がある。順調そうに生きている人たちは、どうやって〝そういう感じ〟になっているのだろう。小学校か婚活の場でもなければ、プロフィール帳は書かないのに。

あれで合っているのか分からないが、幽霊に「自己開示」をした。幽霊は、こっちに何か見せてくるのだろうか。

家に帰る途中でスーパーに寄り、この辺りでは最安値のうどん玉と卵と納豆を買った。どこで何が安く買えるのかもだいぶ頭に入ってきた。納豆釜玉うどんは貧乏人の味方だ。

ビニール袋を下げて部屋の鍵を開けようとすると、感触がおかしかった。すでに開いている。まさか、と思い、慎重にドアを開ける。

ソファの上に、膝を抱えて、幽霊が座っていた。

「…………」

言葉が出なくて、口をぱくぱくさせる。部屋の中は明かりがついていなくて、幽霊はドアから入った廊下の光に照らされていた。

大夢は無言のまま壁を手探りし、明かりをつける。やはり間違いなく、幽霊は、そこに居た。応接テーブルの上には、ノートが開いたまま置いてある。大夢と小石川がいろいろ書いたページのまま。

「な、なんでいるんだよ」

幽霊は、やはり長い髪で顔を覆いつくしていて、表情も何も見ることはできない。

テーブルを挟んで、大夢と幽霊はしばし黙りこくって見つめあった。少なくとも、大夢は見つめた。

骨ばった手はしばらく膝を抱えたままだったが、やがてのろのろとペンを取り、ノートのページをめくって、何か書き始めた。

『ハルオはいつここに戻る？』

大夢の心臓がずくっと痛んだ。春夫おじさんが亡くなったことは前に伝えたはずだ。でも幽霊は、それを理解していないんだろうか。

「……春夫おじさんは、亡くなった。前も言ったけど。もうここには来ない。死んじゃったから」

ゆっくり、ちゃんと聞こえるようにそう言う。

『幽霊は消えない　幽霊は死なない　どこにでも行ける　ハルオも戻ってくる』

走り書きされたそれを読み、大夢は深呼吸する。

「春夫おじさんは幽霊じゃない。ただ、病気で死んだんだ。お墓は仙台にある。仙台分かる？宮城県。東北の。そこに――」

がたん、と音がした。テーブルの上の菓子鉢が跳ねて、飴が二、三個飛び出た。幽霊がテーブルを蹴ったのだ。そして、見えないままの髪の毛のカーテンの奥の顔から、ぐぐぐ……という、かすかな唸り声が聞こえた。

ペンを握る幽霊の手は、力が入りすぎて関節が真っ白になっていた。

スウェットを着た肩が震えていた。泣いているのかもしれない。どうすればいいんだ。でも、何か言わないといけないことだけは、分かる。

「……俺は、春夫おじさんの親戚だけど、ほとんど会ったことも話したこともなくて」

絞り出すようにそれだけ言うと、幽霊の唸りは少し小さくなった。

「だから正直、春夫おじさんのことは何も知らない。あんたは俺よりずっと長い間、おじさんと過ごしてた。だから……ショックなのは分かる。でももう、おじさんは居ない。ここには戻ってこない。会えないんだ、ここに居ても」

長い沈黙が流れた。それからのろのろと幽霊はまたノートをたぐり寄せ、震える手で書き始めた。

『わたしのせい？』

「え？　春夫おじさんが死んだこと？　いや、それはないと思うけど。……病気だったんだよ、誰にもどうにもできなかった。クモ膜下出血って知ってる？　急にガーンッてくるやつで……とにかく、少なくともあんたのせいではないよ」

『ハルオは』

それだけ書いて、幽霊の手はしばし止まった。

『生きた幽霊だと言った』

「それは……春夫おじさんが、自分のことをそう言ったってこと？」

『生きているけど生きていない　死んでいないけど死んでいる　ハルオもわたしも』

幽霊のペン先は、迷うようにノートの上にくるくると輪っかを描いた。

『わたしはここで　他の幽霊を出迎えないといけない　ハルオも一緒に待ってくれると言った』

他の幽霊。大夢の頭に、管理人室で見た数々の新聞切り抜きや雑誌の記事が浮かんだ。

「それは……あんたの、家族のこと？　ここで暮らしてた」

そう言うと、幽霊の手が止まった。

油の回っていない機械のような、きしんだ動きで、幽霊がゆっくり顔を上げる。

ばらりと動いた長い前髪の間から、わずかに、黒く光る目が見えた。

長い髪の隙間からわずかに見えた目は、大夢をじっと見て……いるような、見ていないような、不思議なゆらめきをしていた。

右に左に泳ぎながら、幽霊の視線は、黙って立っている大夢をスキャンするように横切っていく。

「あんた、この部屋に昔住んでたんだよな。ずっと昔——何十年も、前」

大夢は緊張しながらそう言った。

幽霊はペンも動かさず、ただかすかに上半身をゆらゆらさせ、座っている。

「管理人の爺さんに聞いた。だから、この部屋に居たいの？」

幽霊は答えなかった。身体を左右にぐらぐらさせたが、それはYESなのかNOなのか分からない。

「春夫おじさんも、それを知ってた。知っててあんたを、この部屋に入れてた。鍵も……渡したんだよな、たぶん。おじさんは何か理由とか考えがあってそうしたんだと思うけど、俺はおじさんじゃない。だから、同じようにはできない」

どう言えば自分の考えていることが伝わるのか、大夢はつっかえながら、頑張って言葉にしていく。仕事のときみたいにマニュアルがあるわけでもない。幽霊はクレーマーみたいにほっとけばいくらでも喋り続けて勝手に飽きたりしない。

俺が話すしかないんだ。

俺が自分で考えて、自分で話すしかないんだ。

「あんたを責めたりとか、したいわけじゃない。そんなことしてどうにかなる話じゃなさそうだし……。でも、このままだと、俺も困る。勝手に部屋に入られるのは嫌だ。ラーメンとか、食われるのも困る」

ぐらぐらしていた幽霊の身体が、一度円を描いてから、ゆっくり停止する。それからまた、幽霊はのろのろとノートに書き始めた。

『ハルオは部屋のものなんでも食べていいと言った』

「俺は春夫おじさんじゃないの。違う人間。おじさんがどうしてあんたを部屋に出入り自由にしてたのか、その理由も分かんないのに……」

大夢はぐしゃぐしゃと自分の髪を掻きむしった。

「春夫おじさんが居た時も、そうやって筆談してたの？　何話してたんだよ。どういうきっかけで、ここに入り浸るようになったんだ」

幽霊は大きく右に身体を傾けると、また書いた。

『わたしは他人が嫌い』

くっきりとした大きな字が、目に飛び込んできた。

幽霊はそれを大夢に見せると、ふたたびノートを膝の上に載せて、今度は凄い勢いでボールペンを走らせ始めた。

『ここはわたしの部屋　わたしたちの部屋　ある日みんないなくなった　誰かが連れていったわたしたちの部屋に他人が来て　連れていった』

ページが埋まるごとに、幽霊はそれをさっと大夢に見せ、読み終わるか終わらないかのうちに、また書き始める。

『悪い他人がみんなを連れていった　とても悪い他人　この世ではないところにみんなを連れていった　でもまた会えると言われた　この世から消えても　幽霊になればみんな戻ってくるまた会える』

「そんなの――」

そんなのデタラメだ。幽霊なんて実在しない。たぶん誰かが、不幸な目にあってしまった小さい子どもを慰めるために、適当なことを言ったんだ。

　そう喉元まで出かかったが、ふいに、西沢さんの言葉を思い出した。

『だから、最初は幽霊にいてほしかったのよ。どんなんでもいいからもう一度会いたくて。でも、だんだん年月経つとねえ、幽霊なんて実在してほしくないって思うように変わってきたわ。だって、結局、一度も夢枕にすら立ってくれないんだもの。もし幽霊がこの世にいるんなら、両親は会いに来られるのに会いに来てないってことになっちゃう。それはあんまりにも、さびしいでしょ』

　幽霊はがりがりとボールペンを動かし続ける。

『みんなが戻ってくるのはここ　だからわたしはここにいる　一緒に幽霊になって　みんなを待つ』

　髪の隙間の幽霊の目が、一瞬、大夢を見た。

『わたしがここにいなかったら　みんな　さびしがる　だからわたしはここにいる』

　祖父の葬儀で春夫おじさんと交わした、唯一の言葉をやっと思い出した。

　大夢が近づくと、春夫おじさんはゆっくりと顔を上げて言ったのだ。

『寂しいよな』

と。

　祖父の葬儀で、喪主のリボンを胸に着けながら何もしないでぼんやり座っていた春夫おじさんは、確かに中学生の大夢に向かってそう言った。

『寂しいよな』

それに自分はどう答えたのか。曖昧に頷くか、まあとかはいとか、適当にごにょごにょ答えたのかもしれない。

『寂しいもんなんだな』

春夫おじさんはそれだけ言って、あとはもう――本当に記憶がない。たぶんそこで、会話は終わった。変わり者の伯父との、最初で最後の会話が。

「春夫おじさんも、寂しかったのかな」

そうぽつりと呟くと、幽霊は右にがくんと身体を傾けた。首を傾げた、みたいな仕草だろうか。

故郷から遠く離れた土地で一人で暮らす無口な人間が、曰《いわ》くのある部屋で、幽霊を名乗る人間に出会った。事情を知ったおじさんは、それを受け入れた。

親戚には希代の変人かつ悪人みたいに言われていた春夫おじさんだが、大夢の目にはそんな人物には見えなかった。言葉を交わしたのも、姿をまともに見たのもあの葬儀でも一度きりだけど。ここに来てから聞く春夫おじさんのエピソードも、いい人だったというものばかりだ。

自分も幽霊だと言うくらい寂しくて、不幸な過去のある人間を放っておけないくらい、優しい人だったのかもしれない。

第七章　他人屋とゆうれい

『わたしにはここだけ』

幽霊がノートを見せた。

『ここしかない　この部屋しかない　覚えてる』

下世話な週刊誌の切り抜きに載っていた、笑顔の家族写真をまた思い出す。園児くらいの小さい子の記憶には、この部屋で一緒に過ごした日々くらいしか、家族との思い出が残っていないのかもしれない。

大夢は自分がごく小さい頃の記憶を思い出そうとした。やっぱり家の庭とか、茶の間とか、そういう断片的な景色がぼやけた画像のように浮かんでくるだけだ。幽霊の記憶にある家族との繋《つな》がりも、ここしかないのか。

その時、幽霊はふいに首をぐりっと壁の方に向けた。キャビネットの上にはごてごてした古くさいデザインのアナログ時計が置いてある。

幽霊は、突然すっくと立ち上がった。

いきなり立ち上がった幽霊は、手にしていたノートもペンもテーブルの上に無造作に放り投げると、ふらふらと揺れながら歩き始めた。

「えっ、ちょ、なに?」

驚く大夢には目もくれず、ドアを開けると、そのまま外に出てしまった。

「ちょっ、おい!　話は終わってないぞ!」

慌てて追いかける。幽霊はあんなよろよろしているのに妙に歩くのが速く、もうエレベーター の前辺りまで遠ざかっている。

急いで走ったが、追いついたときには、幽霊はもうエレベーターの中に居た。

「待てってば!」

勢いで大夢も乗り込む。幽霊はやはり黙ったまま「閉」ボタンと「1」ボタンを押した。

一階に到着するまでの十秒かそこらの時間が、やけに長く感じた。ドアが開くと幽霊はすたすたと歩き出し、マンションの外に出る。

「なあ、どこ行くんだよ。待てってば!」

言いながら、言っても絶対に聞いてはくれないだろうなと思った。幽霊はもう大夢なんて、というか、道を歩いている他の人たちも存在していないかのように歩き続けている。

通りから一本横道に入ったところで、幽霊があの『グループホーム　もーにんぐ』に行こうとしているのに気付いた。この前と同じ道だ。

「あんたさあ」

追いかけながら、声を張り上げる。

「十年ずっと、こうやってあの部屋に通ってたの?」

幽霊は首すら動かさない。

もうすっかり暗くなった夜の景色の中で、街灯に照らされる長い髪と白っぽい服は、ますます本当に幽霊じみて見える。何も知らないですれ違ったら、絶対に悲鳴をあげてしまうだろう。

寂しい道だった。

家はある。街灯もある。明かりのついている窓もある。誰かの声やテレビの賑《にぎ》やかな音が聞こえてくるときもある。でもそれは全て、自分とは関係のない人たちの生活の音で、光だ。

これを浴びながら、十年間、幽霊は一人であの部屋からの帰り道を歩いていたのか。

ダッシュで幽霊に追いつき、横に並んだ。いつもの、風呂に入っていない人間特有の油ねんどみたいな臭いがしたが、気にしなかった。

どこからかカレーの匂いが漂ってきた。急に胃袋が空腹を思い出す。夕飯もまだだった。

「腹減った……」

思わずそう呟くと、幽霊の首がちょっとだけこっちを向いた気がした。

カレー、それも手作りのカレーなんて長いこと食べていない。実家のカレーを思い出す。母親はそんなに料理が好きなほうではなく、一度に大量に作れるカレーはよく食卓にのぼった。覚えているのは、秋口になるとジャガイモではなくサツマイモの入ったカレーが出てきたことだ。ねっとりした甘さと市販の安いカレールーが合わなくて、兄と一緒に何度も文句を言ったが、母親は「これがうちの味、小野寺家の味」と譲らなかった。

「サツマイモのカレー……」

そう呟くと、幽霊の肩ははっきりそう分かるくらい、ぴんと跳ねた。

「あんたも食わされた？　サツマイモのカレー」

部屋の台所も冷蔵庫もまめに自炊をする人のそれではなさそうだったが、カレーくらいはおじさんも作ったのかもしれない。自分の慣れ親しんだ味で、美味《おい》しくもないのにサツマイモを入れて。

「春夫おじさんの日誌に、あんたのことがよく書いてあった」

幽霊は、あれらの大量の日誌を読んだのだろうか。春夫おじさんが幽霊のために食事や着るものを気にかけていた小さな記録の数々。

「悪いことは何も書いてなかった。俺は無口で人嫌いっぽいおじさんしか知らないけど……あんたとはうまくやってたっぽい。それが不思議で」

今ここには筆記用具が無いから、問いかけても幽霊の答えは聞けない。でも大夢は話し続けた。

「春夫おじさんはどうして自分のこと、幽霊なんて言ったのかな。あんたみたいな……その……経験を、したわけでもないと思うんだけど」

突然、幽霊の歩みがぴたりと止まった。

幽霊はいきなり歩くのを止めて、大夢の方に身体を向けた。

何かやばいことを言ってしまったのか。緊張したが、幽霊はのろのろと手を上げて、ぶらぶらと左右に振った。虫かなんかを追い払うような仕草だ。

地面に白っぽい光が漏れている。はっとして横を見ると、そこは『グループホーム　もーにんぐ』の出入り口前だった。いつの間にか着いていたのだ。

どけ、と言われているのだろうか。無言で後ずさると、幽霊は大夢などまるで見えていないように真っすぐに入り口ドアに向かっていく。

「ちょ、ちょっと待ってよ」

慌てて声をかけたが、幽霊は止まらない。しかし突然、ドアが大きく開いた。

「園田《そのだ》さん！　お帰り、遅かったね。心配したよ」

それは、この前も見たデニムのエプロンを着けた職員らしき人だった。

エプロンの人は、幽霊のすぐ後ろにいた大夢に気が付いた。ばちっと視線が合う。その表情に、一瞬でさっと警戒の色が走ったのを感じた。

「こんばんは！」

にっこり笑顔で大きな声で挨拶され、うろたえた。

「こ、こんばんは」

「どうかされました？　うちにご用ですか」

仁王立ちで、入り口に立ちはだかっている。

「ええと、あの」

焦れば焦るほど怪しく見えてしまう。着古してよれた服を着た手ぶらの男が一人、夜にいきなり現れたらどう考えても警戒される。

　エプロンの人の表情が、だんだん笑顔なのに張り詰めた感じになっていく。大夢は、いつの間にか中に入って物陰からこっちを見ている幽霊を、おそるおそる指さした。

「その人の……その人が……ええと、うちによく来るんですけど」

「まー、園田さんのお友達？」

「えっ。いや、そういうのではなくて、俺の伯父が昔住んでいたマンションで、えっとでももう伯父は死んでいて、それで、その、そこにいる人が勝手に入ってきてるっていうか。だいぶ前から……」

　めちゃくちゃだ。

　焦って支離滅裂になっている大夢の言葉を、エプロンの人はじっと聞いていた。そしてふいに振り向いて、物陰に隠れている幽霊に言った。

「園田さん、もうすぐご飯だよ。今日は下で食べるの？」

　それを聞くと、幽霊はのろのろと建物の奥に消えていった。

「ちょっと待っててね」

　エプロンの人はつっかけサンダルを履くと、すたすたと目の前までやってきた。

「このグループホームの職員をしている者です。うちの入居者さんのお知り合いですか？」

　にこやかで落ち着いた、でもどこかにぐっと力が入った口調だった。大夢は小さく深呼吸すると、ごちゃつく頭の中を必死に整理した。

「あの……最近この辺りに越してきた、南という者です。怪しい者ではないです。商店街の奥の、メゾン・ド・ミルっていうマンションに住んでいて」

マンションの名前を出すと、エプロンの人の顔色がさっと変わった。

「そこに……さっきの人が、来るんです。ええと、部屋は、俺の前には俺の伯父が住んでいて――」

つっかえつっかえ、今までの経緯をなんとか説明した。

「そう……そうですか」

エプロンの人はふっと肩の力を抜きながらため息をついて、視線を地面に落とした。

「ご迷惑おかけしてすみません。彼女には、もうそちらに伺わないよう伝えますので」

頭の中が、ぐらっと揺れた。ような気がした。それは確かに自分が望んでいたことで、この人が幽霊の行動を制限してくれれば、こっちは平穏な毎日が帰ってくる。

でも。

「あの……もしそうなったら、あの人、どうするんですか」

「どうする、とは」

幽霊がノートに書き綴った筆談の文字が、頭の中をぐるぐると回る。

拳をぎゅっと握り、大夢は顔を上げた。

第八章　エピローグ

七時、スマホのアラームが鳴る。

ほとんど無意識に手探りでそれを止めるが、その五分後にまた、けたたましい音楽が鳴り響く。

呻《うめ》きながらやっと起き上がり、顔を洗い歯磨きし着替え、食パンを焼きもせずにそのまま一枚、牛乳で流し込んで朝食ということにする。

冷蔵庫には形が不ぞろいのトマトときゅうりが、独り暮らしでは食べきれないくらい入っている。だからここしばらく、夕飯は冷やし中華が多い。もうすっかり夏だ。

身支度をして、いつもの時間に家を出る。

駅に着いて電車を待っていると、ポケットの中のスマホが震えてＬＩＮＥのメッセージが表示される。

『本日は大丈夫でしょうか？』

ひまわりのアイコンのそのメッセージに、簡潔に「大丈夫です」と返信する。

すでにみっしり人が詰まっている電車が、ホームに滑り込んでくる。夏の満員電車は何よりも地獄だ。うんざりしながら、身体をねじこむ。

こんなに大勢の人がいるのに、車内は常に無言だ。だから誰が何を思い何を考えているのかは、全く分からない。

仕事は相変わらず、クレーム係。毎日毎日、怒り狂った、もしくはいじわるな、もしくはパニックを起こした人たちの話をひたすら聞く。言葉があっても、分からないものはたくさんある。

じゃ、世の中で大層大事そうに扱われているコミュニケーションとか相互理解ってやつは、何が正解でどうやったらいいいんだ？

大夢の毎日は相変わらずだ。相変わらず、金は無いしパッとしない生活だし、独りで昼飯を食べて一人で帰る。真っすぐ帰る。寄りたい場所もないし、趣味も結局まだ見つかっていないし、将来のことも何も分からない。考えたくない。そのままだ。

メゾン・ド・ミルに着くと、管理人室にはもうカーテンが引かれている。四階に上がると、まだ営業している店はちらほらある。

『ＢＯＯＫＳ小石』は、まだ看板が外に出ていた。営業時間が適当な店だ。前を通った瞬間ちらっと中を見たら、最近よく見るヒゲもじゃの男の客と小石川が、コーヒー片手に楽しそうに喋《しゃべ》っていた。

大夢は、自分の部屋のドアに鍵を挿した。

ドアを開ける。中は暗く、明かりをつけると、テーブルの上に朝には無かったビニール袋が置いてある。

中を見ると、でっかい茄子《なす》が数本と、小さな袋に入ったチョコチップクッキーが入っていた。ふせんのメモが張り付けてあり、そこには「個人的な趣味で焼いているクッキーです　召し上がってください　広内《ひろうち》」と書いてあった。広内さんは、あの『グループホーム　も～にんぐ』のエプロンの人の名前だ。料理好きらしく、たまにこうして凄く甘い焼き菓子をくれる。

それ以外に、部屋に変わったところは無いようだった。ゴミ箱にカップ麺の空容器が捨ててあるが、大夢は買ったおぼえのないものだ。

幽霊は、相変わらずここに来ている。

ただ、来る前に広内さんを通じて事前に大夢に許可を取ることになったのと、幽霊が食料を持参するようになったのと、ついでにグループホームで育てているという野菜を（たぶん、広内さんのはからいで）持ってくるのだけが、変わった。大夢の食生活は、野菜だけは充実するようになった。

部屋を少し、改造した。大量の段ボール箱の中身を点検して、どう考えても捨てる以外に道のなさそうなものは捨てて、処分に困るものはとりあえず、そのままにしている。何度か小石川が手伝いに来て、古タオル類は保護犬・保護猫の施設で必要としているところがあるというのでそこに送ったり、ぬいぐるみとか古い本や雑貨、CDやビデオ類は『BOOKS小石』の一角を借りて投げ売りのバザーをやった。驚くべきことに三日間で千五百円くらい儲《もう》かったので、その日は牛丼に豚汁をつけた。

部屋の中に衝立がまだいくつかあったので、それで応接間を前よりもしっかりと囲んだ。そこの中では、好きに過ごしていい。そこ以外は、大夢の場所。そういう約束を幽霊と取り付けた。カップ麺にお湯を入れる時とトイレは、しょうがないので特例として衝立を越えてよいことにした。

ドアのあの傷には、管理人が薄いスチールの板をドアと同じ色に塗ったものを、がっちり接着していった。ツギハギが当たっているような変なドアになったが、とりあえず、もうあの恐ろしい文字は見えない。まだそこに、ありはするけど。

それ以外は、大夢の生活は何も変わらない。

いや、ひとつだけ、それまでにない習慣が増えた。

テーブルの上には、一冊のノートが置いてある。

表紙には何も書いていない。でも、手に取ってめくると、何ページにもわたってびっしりと文字が書いてある。

『今日もまだ　みんなは来ない　トイレの窓にカエルが張り付いている　あれはハルオかもしれない』

『ラーメンはしょうゆが一番うまい　おまえもしょうゆを食べたほうがいい』

「余計なお世話だよ」

独り言を言いながら、文字を目で追う。

広内さんは、幽霊がどうして今のような生活をしているのか、詳しく話すことはできないと言った。入居者のプライバシーを守る義務があると。

それでいいと大夢は思っている。幽霊が自分自身のことで言いたいことがあったらここに書くだろうし、そうして本人から教えてもらうこと以外には、興味はない。

こんこん、と軽快にドアをノックする音がした。

「どうも、こんばんは」

やたらにこにこしている小石川が立っていた。

「もう店を閉めるんですけど、コーヒーどうです」

「コーヒー以外のやつなら飲む」

部屋の片づけを手伝ってもらった手前もあるので、今日は付き合うことにする。

「変則的なルームシェアみたいな感じですね」

幽霊とのここ最近のやりとりを簡単に説明すると、小石川はそう言った。

「本当のシェアって、もっと最悪だから」

「そうなんですか？　僕、憧れてるんですよね。楽しそうでいいじゃないですか。あ、でもやっぱり住むなら……特に気の合う人と二人で、っていうのが一番いいかなあ」

「あのヒゲの人とか？」

そう言うと、小石川はカップを取り落とさんばかりに慌てふためいた。

「そんなこと言ってないでしょう、一言も！」

「そうなんだ。でもあんた最近、ヒゲの人の話ばっかしてるじゃん」

「それは嘘です。あ、でもさっき——」

とうとうと始まるこの世で一番興味のない〝のろけ話〟というやつを黙って聞き流す自分に、俺も大人になったな、と大夢は思う。それに、小石川は自分ののろけは垂れ流すけど、大夢がそれをどう思うかとか、大夢の生活に〝そういうこと〟があるのか、みたいな話は振ってこない。だからまだぜんぜん、この時間に付き合える。

小石川の要領を得ない話を聞かされたあと、部屋に戻った。

もうすっかり、腹が減っている。台所に向かい、お湯を沸かして今夜の冷やし中華を作る準備をする。卵は目玉焼きにする。節約のため一個だけ。でも胡麻油で焼くと、すごく美味《うま》いことを最近発見した。トマトときゅうりは、贅沢に使える。

麦茶と出来上がった冷やし中華を持ってソファに戻り、またノートを眺めながら夕飯を食べる。

幽霊の日誌は、ひとことだけの日もあれば、何ページにもわたって長々と書かれていることもある。

広内さんから幽霊の本名だけは聞いたのだが（かつてここに住んでいた一家と名字が違うのは、たぶん小さいうちに親戚に引き取られたのが理由なんだろうな、と想像した）、幽霊が自分でその名前を書いたことはまだないので、大夢は相変わらず幽霊を、頭の中でも幽霊と呼んでいる。

『おまえは幽霊ではないのか』

その言葉が、何度か出てくる。そのたびに大夢は『違う』と書いて返している。春夫おじさんは自分を幽霊だと言っていた。でも、大夢は違う。

それとなく、母親や兄に春夫おじさんについて何か知らないか探りを入れてみた。それで分かったのは、小野寺一族の中での春夫おじさんの悪評の源には、「長男のくせに結婚もせず家を継ぎもせず、地元を棄《す》てた」が大きな塊として存在していることだった。その所業をもってして、静かで穏やかで、そして意外とフレンドリーな人だったらしい春夫おじさんは、大悪人みたいに言われていたのだ。

自分と同じくらい春夫おじさんと接点が無かったはずの兄の弘樹は、ひどく辛辣な言葉で春夫おじさんをディスっていた。最後まで迷惑をかけられただの、おまえも被害者みたいなものただの。

弘樹は長男だ。もう顔もよく覚えていない、離婚して家を出ていった大夢たちの父親も、長男だったらしい。

しばらく考えて、兄に『兄貴も春夫おじさんみたいに生きてもいいと思うけど』とＬＩＮＥで送ったら、バカにしてるのかとブチ切れられてしまった。相変わらず仕事に生きて、婚活もして、それは失敗続きで、休みの日は実家の庭や愛車の整備をせっせとしているらしい。

そういう兄は、〝立派〟だと思う。イヤミでもなんでもなく、マジでそう思う。でも、どんなに立派な生き方でも、本当はやりたくないならやらなくていいんじゃないの、とも思う。それをいつか、ブチ切れられないようなかたちで伝えられたらいいのにな。

ノートをめくる。今日の日誌の最後には、

『ハルオは他人屋だった　よく働いた　おまえはここで働いていない　他人の中で　ハルオだけは悪いやつじゃない』

『おまえは他人屋をやらないのか』

と書いてあった。

大夢は冷やし中華を食べ終えるまでその文字をじっくりと眺め、それから器を置いて、ボールペンを手にした。

今もたまに、休日の昼間とかに「他人屋さん！」と駆け込んでくる人がいる。川上老人や五階のりっちゃん&お姉ちゃんも、たまに〝仕事〟を依頼してくる。用事があれば断れるが、面倒なことに、休みの日の大夢は、だいたい暇だ。平日も仕事が終われば、やることは何もない。

今の仕事を辞める気は、今のところない。派遣だし、向こうから切られることもあるかもしれないけれど、それまではしがみつこうと思えるくらいには、時給がましだし、仕事も実はそこまで嫌いじゃない。

でも、趣味も無ければやりたいことも、やっぱり今のところ、ない。将来がどうなるかなんてことも、考える気になれない。

春夫おじさんはどうだったんだろう?

この部屋の中に詰まっていた膨大なガラクタは、古い日誌を読むと、他人屋の仕事の一環として、誰かから引き取った物も多いようだった。扱いに困った遺品とか、一時的に預かってほしいと言われて何年も放置されているものとか。

でも中には、春夫おじさんが個人的な趣味で集めていたものも、何かあったんだろうか?

もしかすると、他人屋という名のなんでも屋それ自体が、春夫おじさんの趣味を兼ねていたのかもしれない。手先の器用さを生かし、ただの他人として、困っている誰かに手を貸すことが。

『今はべつに』

大夢は幽霊への返事にそう書いた。

それから少し考え込んで、

『あんたがやってみるのはどう？』

と、書いてみた。

ノートを閉じる。食器を洗って風呂に入って、あとは寝るだけだ。今日も平凡な一日が終わる。

明日、幽霊はどんな返事を書いてくるのだろう。ちょっと楽しみだな、と大夢は思った。

初出　「しんぶん赤旗」二〇二三年十一月二六日から二〇二四年四月三〇日に連載、
単行本化にあたって加筆修正しました。

王谷晶（おうたに・あきら）
一九八一年東京都生まれ。著書に、『完璧じゃない、あたしたち』『カラダは私の何なんだ?』『ババヤガの夜』『40歳だけど大人になりたい』『君の六月は凍る』がある。

他《た》人《にん》屋《や》のゆうれい

2025年1月30日　第1刷発行

著　者　王谷晶
発行者　宇都宮健太朗
発行所　朝日新聞出版
〒一〇四-八〇一一　東京都中央区築地五-三-二
電話　〇三-五五四一-八八三二（編集）
　　　〇三-五五四〇-七七九三（販売）

印刷製本　株式会社　加藤文明社

Published in Japan by Asahi Shimbun Publications Inc.
ISBN978-4-02-252020-3
定価はカバーに表示してあります。
落丁・乱丁の場合は弊社業務部（電話〇三-五五四〇-七八〇〇）へご連絡ください。
送料弊社負担にてお取り替えいたします。